文春文庫

がんから始まる

岸本葉子

私は助かったのか？

手術後の説明書　100
意外な可能性　109
回復は「空腹」　113
進行していた　121
私は助かったのか？　129
社会復帰に向けて　140

第二部

退院後をどう生きるか

がん患者となって

仕事をどうする？　45
なぜ、という問い　50
それぞれのがんイメージ　55
家族に話す　60
保険証券と「遺影」写真　64

初めての入院生活

自分にとっての「よい病院」　70
入院生活はこんなふう　78
転移はなかった？　86
人生の大事と小事　90
説明と同意　94

再発リスクを抱えて　148
人生の主体でありたい　155
代替療法の意義　162

がんから始まる

無意味の刑罰　174
不確実性の中で　181
未知なる何か　196
新しき者よ、目覚めよ！　203
行動療法の試み　210
サポートグループへの参加　213

あとがき──言葉にするということ　225

第三部　（文庫版あとがきに代えて）

四年を生きて

「病は気から」は真実か　230
心をよりよく保つために　239
人事を尽くす　242
働き盛りのジレンマ　246
二つめのがんへの恐れ　250
五年が過ぎても　255

解説「新患者学入門」　竹中文良　259

デザイン　大久保明子

私を生かす未知なるものへ

序

手術室は、明るく、広々とした空間だった。ストレッチャーに乗って入った私の目には。

映像で見る手術シーンにつきものの、円形のまぶしいライトは、まだ点いていない。執刀医の姿は、見えない。たくさんの人がメスを構えて準備してという、ものものしい雰囲気はなく、意外なほど静かで、あっけらかんとしている。

水色の作業衣のような服に身を包んだ、三人に迎えられる。うちひとりの、マスクと帽子の間に覗く眉に、事前に病室まで説明に来た麻酔医の特徴を、私は認めた。おそらくあとは、もうひとりの麻酔医と、手術室付きの看護師だろう。

手術台に移されて、心電図と血圧を測る機械とが装着される。

緑色の厚いおおいが、体の上に広げられる。

麻酔医の指示により、おおいの下で横向きになる。脊髄《せきずい》の硬膜外《こうまくがい》というところに注射針を刺すのだ。その針から、術中、術後の痛みを管理する麻酔薬が、持続的に注入されるという。

膝を抱き、背を丸める。さほどの痛みはなく、完了し、仰向けに戻る。

次いで、腕に取り付けた点滴針から、全身麻酔の薬を入れはじめる。こちらは、術中のためのものだと聞いている。

すべてが、事前に説明を受けたとおりに進んでいく。


「岸本さん、岸本さん」

ふいに名を呼ばれた。

瞼《まぶた》を開くと、麻酔医の顔があった。私はてっきり、

(あ、彼が何か言い落としたことがあったのだ)

と思った。説明に付け加えることがあり、眠りにおちるかどうかのところを、呼び戻したのだろうと。それほどに、時間の経過した感じがなかったのだ。

けれど、すぐに思い直した。

いったんかけた全身麻酔が、声をかけられたくらいで、そうそう醒めるものではあるまい。

(すると、もう、手術は終わったのか)

そうだった。

「手術は終わりました」

麻酔医が告げる。

返事をしようとして、言葉がうまく出ないことに気がついた。

術中は、人工呼吸のチューブを気管内に挿入するため、喉がはれることもあると、説明にあったのを思い出す。

チューブそのものは、すでに抜かれたあとである。

名を呼ばれるまで、ほんの一瞬に感じられたが、実は、三時間近い意識の断絶があったのだ。

そしてその間に、腹腔内のがんは切除されていた。

日本人の三人に一人が、がんで死ぬ。

がんが直接の死因とならなかった人、治った人を含めれば、二人に一人が、人生のどこかでがんと遭遇するといわれる。

私は四十歳で、がんと出会った。二〇〇一年十月のことだ。

進行した虫垂《ちゆうすい》がんで、虫垂と浸潤《しんじゆん》（隣接する臓器に広がること）していたS状結腸《エスじようけつちよう》の一部、周辺の腹膜、リンパ腺を切除した。

出会いは通常、別れと対《つい》にして語られるけれど、がんの場合は、それはなかなか難しい。いつになれば、別れたといえるのか。果たして別れが来るのかどうか。手術で取り除いた後も、再発の可能性のある状態が続く。

付き合いはまだ、はじまったばかりだ。

第一部

兆しは、あのときから

一年前の異変

兆しは、なかった。

いや、がんと直接には結びつかない異変なら、あった。

手術から一年ちょっとさかのぼる、二〇〇〇年七月のある金曜日のこと。

夕方五時頃、家に帰ってきた私は、外出のときの服装のまま、ソファで横になっていた。

ひどく疲れた感じがして、なかなか立ち上がる気になれない。

夏の外出では、冷房にあたって、似たようなことがときどきある。それにしても、この全身の骨を抜かれたような倦怠感は、かつて経験のないものだ。

(ああ、もう六時になる)

(七時だ。いい加減、晩ご飯の仕度にとりかからないと)

とは思うものの、だるさが、いかんともしがたい。

そのうち、寒気がしてきて、関節までが痛み出した。熱が出るとき特有の症状だ。ベッドに移動し、掛け布団の下にもぐったが、体が震えてしかたがない。体温計をはさむと、三十八度の線をすぐに越えた。

それだけなら、時期はずれのインフルエンザと思っただろう。

夜中、腰の痛みで目がさめた。

いや、腹だ。骨盤内にそこから熱を発しているような、腫れ物がある。その痛みが、体の裏側にまで響くのだ。

手でさわって、腫れを確かめられるわけではないが、あきらかに異物感がある。寝返りを打つたび、

(あ、今、右から左に重心が移りつつあって、折りたたまれた腸がなだれかかるように動いて、腫れ物が圧迫されるな)

とわかる。内臓の位置関係を、そんなふうに感じるのは、ふつう、ないことでは?

土日と寝ていて、熱はやや下がったものの、排便は言うまでもなく、排尿のときでさえ、管の中を通過するものが腫れ物にこすれ、痛みを覚えたほどである。

のちに手術したところ、尿管にも炎症の痕《あと》があったことからして、痛みは気のせいではなく、正確な感じ方だったといえるだろう。

むろん、異変に対し、ただ手をこまねいていたわけではない。

私の頭に浮かんでいた病名は「子宮筋腫《しきゅうきんしゅ》」だった。

同年代で、出産をしていない女性が、周囲で何人か患っていたのである。

月曜日になっても、熱はおさまったが腫れと異物感がなくならないのを確認するに至って、婦人科を受診した。電話帳で、近所にある中から、なるべくお産が中心でなさそうなクリニックを探していった。

エコーの検査をした。

画像では、子宮、卵巣とも正常とのこと。血液検査と、子宮がんについても調べるべく、組織を採取する。

組織検査も、異常なし。ただ、血液検査のうち、炎症反応の項目だけが、高い数値を示した。

腹腔内の、婦人科系の器官以外のどこかに、炎症がある。

とりあえず痛みをとるため、消炎剤を処方された。数日で異物感はなくなり、念のため再度血液検査をしたところ、炎症反応も下がっていた。

すべてが、正常に戻ったのだ。原因はわからないままだったけれど。

消化器に問題があるとは、思い至らなかった。嘔吐《おうと》や便通異常といった、いわゆる消化器的症状はなかったからだ。

二度めの異変は、ふた月ほど経った、九月に起きた。

再び婦人科に行って、この前と同じ薬をもらったが、症状はおさまらなかった。炎症反応の数値は、前のときと同じく、著しく高い。

しかし、婦人科的には、異常は認められないのだ。

「これは婦人科ではなく、大きな病院で診《み》てもらった方がいいです」

クリニックの先生は言い、近くの大学病院へ、その場で紹介状を書くとともに、電話を入れた。これから患者が向かうので、午前中の診察を受けさせてほしい、と。

大学病院へは、タクシーなら十五分くらいだろうか。昼近くで、受付終了まで、あまり間がない。

急がないといけないのに、そんなときに限って、クリニックから降りるエレベーターがなかなか来ず、階段を二段またぎで駆け下りたのだから、いかに心身ともに緊急時の態勢になっていたかが知れる。さっきまでは、下腹部に響かぬよう、文字どおり「腫れ物にさわる」ように半歩ずつしか足を運べなかったのだから。

（火事場のなんとか力とは、こういうものか）

と、走りながら驚いていた。

大学病院では、血液検査、エコー、レントゲンの検査を受けた。

相変わらず、炎症反応の数値が高いほかには、消化器にも異常が認められないという。とりあえず、さらに強い消炎剤を処方して、ようすを見る。食事は流動性のものに限る、という。

十日後、再受診したときは、症状はおさまっていた。血液検査でも、炎症反応は再び正常値に戻っている。

ろう、と。
められないからには、しばらくは、炎症が起きたら薬で治すという、対症療法でいいだ
腸はもともと炎症を起こしやすいところで、しばしば癖になる。が、検査で異常が認

との診断だった。

「腸炎でしょう」

と問うと、

「何か、悪い病気ということはないでしょうか、がんだとか」

「いえ、それならば、血液検査に現れるはずです」

とのことだった。

もしも、私に早期発見のチャンスがあったとしたら、このときだったのかもしれない。が、それは、のちに振り返ってみて言えることだ。

私のがんは、腫瘍《しゅよう》マーカーに出ない性質のものだった。手術のため入院してからの血液検査でも、その項目は、ずっと正常だったのだ。

また、この段階のがんが痛みをともなうことは、ふつうないという。がんということでは、症状に、合理的な説明がつかないのである。

のちに、開腹してみてわかったのは、虫垂は、隣接するS状結腸の壁を破り、腸管内に突き出ていた。腹膜や、尿管の一部にも、炎症の痕があった。

おそらく、がんの方が先に虫垂にでき、それがひきがねとなって、虫垂炎が起きた。

S状結腸との癒着は、がんと虫垂炎との両方によるものだろうというのが、執刀医の見解だ。

　虫垂がS状結腸と癒着し、一塊をなしていたために、開腹前は、S状結腸がんとの診断だった。

　それらを知って、さかのぼれば、九月のそのときには、虫垂はもうS状結腸の壁を貫通していたのだろう。痛みと炎症反応とが、七月、九月が、もっとも強かったことからして。

「そのとき、レントゲンを撮ってはいたんですけれど」

　と執刀医に話すと、

「それでは、おそらくわからなかったと思います」

　とのことだった。

　大学病院で、腸炎という診断のあったあと、機会を得て、便の潜血反応の検査を受けた。そちらも異常なしだった。

　年が改まり、二〇〇一年になっても、たまに腹部に異物感を覚えることがあった。痛みと熱も、ともなう。

　症状は前ほどひどくなく、数日間の休養か、薬を飲むくらいでおさまったので、さほど気にならなくなった。

　薬は、大学病院からではなく、近くの中型の総合クリニックで、消化器の先生に処方を受けていた。そのたびに、血液検査もするのだが、炎症反応が少々上がるものの、必ず元に戻るのだ。

何回めかの受診で、消化器担当の女の先生は言った。

「今度も、やっぱり血液検査は正常に戻るでしょう。でも、同じことを繰り返すのは、何か原因があります。いっぺん注腸造影《ちゆうちようぞうえい》をしましょう」

注腸造影は、腸をいったん空にして、バリウムを入れて撮るものである。大学病院で受けたレントゲンでは、腸の中はそのままだったので、今回がはじめてになる。

二〇〇一年十月。私は四十歳になっていた。

中断された検査

注腸造影は、バリウムを肛門《こうもん》から入れるため、ひるむ人が多いようだ。

私はそれを知らなかった。

バリウムは、十年前、同じクリニックで胃のレントゲンを撮るのに飲んだことがあり、そのとき閉口した記憶から、

「胃でああだったから、長い長い腸を全部満たすためには、一升瓶一本ぶんくらい飲まなければならないのでは」

と、げんなりしていた。当日になり、肛門から入れると知って、むしろほっとしたくらいである。

胃のときと同じ技師さんで、

「ああ、あなた、すごい胃下垂《いかすい》でしたよね」

「えっ、十年も前なのに、よくご記憶ですね」

と話がはずんだ。顔よりも内臓の造作で、人を覚えているらしい。

その調子のまま、操作室のガラス張りの窓の向こうとこちらとに分かれて、撮影がはじまった。

台の上で、落ちないように注意しながら、さまざまに向きを変える。台そのものもまた、傾きを変える。

技師さんは、

「うわっ、からまってる、こりゃ難しい、はい、ストップ！」

相変わらずの口数の多さで、台を動かしつつ、マイクを通して指示を出していたが、ふいに台が止まり、

「ちょっと待って下さい」

と言ったなり、声も消えた。

沈黙が、続く。

私は首をねじ曲げて、操作室の方を見た。

ガラスの向こうは、いつの間にか、技師と医師のふたりになっていた。撮影を中断して、医師を呼んだのだ。モニターのようなものがあるのだろうか、並んでひとところを

見つめている。唇が動いているが、マイクが切ってあるのだろう、ふたりの会話は聞こえない。

(何かがみつかったのだ)

直感した。女の先生の、眼鏡の奥が険しかった。

検査は再開した。私はまた、台の上で体を動かす人になったが、技師さんが、

「うわあ、複雑、よしっ、そこだ、もう一回ストップ！」

中断前までの調子をいささかも崩さなかったのは、さすがプロだった。

終わって、ロッカーで検査着を脱ぎながら時計に目をやると、一時間が過ぎていた。所要時間は約二十分と聞いていたから、倍以上長くかかっている。それもまた、何かがあったことを裏付けていると思われる。

診察室に行く。さきほど操作室にいた医師だ。

すでに写真ができていて、ボードに並べてある。ボードの内側から、蛍光灯のような明かりに照らされている。

ポリープがみつかったという。大腸のS状結腸だそうだ。

写真の、赤い線で印をしてあるところを示される。扁平な盛り上がりが、腸の壁に張りついている。

差し渡し約二センチ、厚さ約一センチあるとのこと。

ポリープとは、どんなものか知らないが、よく聞く病名だ。

先生によれば、詳しいことは、内視鏡検査をしてからでないと言えないが、いずれにしろこの大きさだと取らなければならないので、病院に紹介状を書くという。

「近くだと……」

前年の九月にかかった大学病院が、先生の口から出た。私は、前の経験から、そこには身を預ける気になれなかった。

「病院については、周囲とも相談してみていいでしょうか」

と、その日は、紹介状は受けずにおくことにする。

先生は、相談の件については承諾したものの、

「ただ、できるだけ早くしないと……。二センチというのは、けっして小さくないし」

いまいちどサイズに言及し、眉を寄せた。その表情から、

(これは、そこそこ急がれる事態なのだな)

と判断した。

パジャマ選びと病院探し

クリニックを後にし、とりあえず駅ビルまで来たが、さて、どうするか。

「相談」とは言ったものの、あてはまったくない。病院関係者も、周囲にはいないし。

思い出したのは、仕事先で間接的に聞いた、こんな話だ。

その人は頭痛だったか耳鳴りだったか目がかすむだか、忘れたが、気のせいと言われ

ればそれまでの、でも脳と関係するかもしれない症状に悩まされていた。何科にかかったらいいかわからずに、病院に詳しい人に相談したという。

その「詳しい人」という誰かに、聞いてはもらえまいか。

知り合いの知り合いのそのまた知り合いのような、ないも同然のつながりをたどることになり、図々しいが、今のところそれしかない。

駅ビルの公衆電話からかけると、つながって、話を伝える段取りはついた。

病院探しは、とりあえず一任するとして、ポリープとはなんぞやを知るために、駅ビル内の書店へ。

そこで目にしたことは、私をめげさせるものだった。

まず「ポリープ」と題のつく本を探したが、なぜか必ず、大腸がんといっしょにされている。大腸がんの本の第一章がポリープであり、検査の結果によって、第二章へ進む、となっている。まるでポリープが、大腸がんの入り口のようである。

ポリープだけの本というものがないことが、がんとの近さを表している。

(こんな、いたずらに不安をつのらせるようなことよりも、もっと具体的で生産的な行動に出よう!)

そう思い直し、デパートに向かうことにした。切ることになるのだったら、いずれにしろ、パジャマは必要だ。

ポリープがどんなものかは知らないが、「取る」と聞いたときから、手術→入院、という思考回路が、私の頭に、すでにでき上がっていた。で、それにはパジャマだと。こういうのが「生産的」といえるかどうかはわからないけれど、「具体的」であることは、たしかだ。

家ではしみだらけの古いスウェットで寝ていたりする。入院となると、一日じゅうそれで過ごすわけだから、もう少しましなものにしたい。

寝るときの服になんて関心のなかった私は、それまで、「スーパーならまだしも、デパートでパジャマを買うって、どんな人だろう」と思っていたが、その「人」になった。ここはひとつ奮発し、おしゃれなパジャマの方がいいかな、と。

選ぶ条件は第一に、血色がよく見えることだ。誰に？　自分に。病室にも鏡はあるだろう。そのとき、いかにも病人ふうでは、めげるので。するとやっぱり、赤系だろうな。

第二に、透けないこと。入院中は基本的にブラジャーをしないだろうから。これは他人の目を意識して。自分でも落ち着かないし。

二つの条件から、ピンクとグレーのチェックと、赤のダンガリー地の二着にした。鏡の前で、とっ替えひっ替え当ててみて、顔映りなぞを比べていると、自分の今の状況を忘れたわけではないけれど、それなりに没頭することができた。

パジャマ購入という、目的は果たした。それでまっすぐ、帰宅すればよかったのだろう。

が、よせばいいのに、私はまた、さきの書店へとひき返してしまったのである。行く先はむろん「健康・家庭の医学」コーナーだ。

シロウトがへたに病気の本を見ると、不安になるだけだから、見ない方がいいという。でも私は、見てしまった。さきに読みかけた大腸がんの本である。怖い物見たさではないが、関係ないわけではないとなると、やはり気になる。

ページをめくり、ポリープの大きさとがんになる確率とを示すグラフを目にしては、ハッと閉じ、

(精神衛生によくない。やめよう)

と、棚に戻すことをくり返したが、しだいに自分にいらついてきて、

(ええい、もう、潔く買ってしまえ!)

とレジに突き進んでいった。

家に着くなり、パジャマの入ったデパートの紙袋を玄関に置いたまま、購入したばかりの本を読みふけった。本棚の奥の方から、家庭の医学といった本までひっぱり出して、参照しながら。

それによると、ポリープを内視鏡で切除するだけなら日帰りか一泊ですむので、パジャマを二着も購入したのは、やや勇み足だったとわかった。

が、切除した部分を病理検査した結果、悪性だと、すなわちがんなのである。本の多くが、一章がポリープ、二章からはがん、というつくりになっていたわけが、わかる。

大きさが二センチを超えるものは、がんである確率が、低くないらしい。

注目すべきは形で、「ポリープ」として描かれている図は、根元のくびれた、丸い突起である。だからこそ、内視鏡検査のときに輪っか状のワイヤーを根元にひっかけて取れる。

が、私のレントゲンに写っていたのは、扁平《へんぺい》だった。形からしても、これはもう、がんなのでは。

（しかし……）

自分に言い聞かせる。

忘れてはならないのは、私はまだ「ポリープがある」と言われただけで、がんの「が」の字も、医師の口から出たわけではないのである。今からあれこれ考えて神経をすり減らしていては、身がもたない。

すべては、取ってからである。正確には、病理検査の結果が出てからだ。心配に要するエネルギーは、そのときまでとっておかないと。

病院探しの件については、数日後、回答があった。

竹中文良先生に、まず相談するように、とのこと。

先生の名は知っていた。『医者が癌にかかったとき』（文藝春秋）という著書を、読んでいたのだ。竹中先生も大腸がんを経験していて、外科医としてメスをふるう側から、一転して、手術を受ける側になった。そのときのことを書いた本だ。

あの先生なら「患者の気持ちがわかる」という期待がある。しかしこの「先生も大腸がんを」の「も」という助詞の使い方は、自分ががんであろうことを、無意識のうちに認めているようなものだと、気づく。

自分がなるかどうかは別として、ひと頃私は、医者ががんになる本を集中的に読んだ。とりわけ印象的だったのは、『「死の医学」への序章』（柳田邦男、新潮社）、『生と死の境界線』（岩井寛・松岡正剛、講談社）である。

前者は、一九八一年に亡くなった精神科医である、西川喜作について書かれたものだ。進行するがんと闘いながら、心という専門、患者となった経験を臨床の場にいかそうと、当時はあまり顧みられることのなかった「死と医学」というテーマに取り組んだ。「残された私の時間、人生の経験をintegrateしながら、……最善をつくしたい」と柳田に宛てた手紙に書いている。インテグレートは、集大成という意味にとれようか。

後者は、同じく精神科医の岩井寛の言葉を、松岡が記録したもの。岩井は自らが神経症的な悩みを経験したことから、医学を志した。その中で多くの神経症患者を治癒に導いてきた森田療法の思想に出会い、臨床のかたわら研究を続けてきたが、一九八五年、末期がんがみつかり、亡くなるまでの間、著作に命を注ぎ込む。全身を侵す病に、視力を奪われ、字を書く力を失ってもなお、口述筆記により三冊の本を完成させた。遺作となった『森田療法』（講談社現代新書）に、背景が述べられている。

竹中先生の本は、著者が「死ななかった」本として、記憶に残っていた。がんから生還した人なのだ。

外科医として勤務していた病院には、もういないが、都心のクリニックで診察にあたっているという。そこに訪ねていくことにした。

前もって本を読み返しておこうと思ったが、家にはもうないようだったので、図書館へ行く。閉館時間が近づいていたが、すぐにみつかり、借りることができた。本の後ろには、著者写真がついていて、まじまじと見てしまった。顔がわかったからといってどうなるわけでもないが、はじめてずくめの病院通い、

「次に会うのは、こういう人か」

と知っておくだけでも、落ち着きにつながる。

それでまっすぐ、帰宅すればよかった。が、私の足はまたもや、そうでない方へと動き出していたのである。同じ図書館内の「医学」のコーナーへ。病気のことを、もっと知りたい……。

さすが図書館というべきか、書店の「健康・家庭の医学」コーナーよりもはるかに多く、本棚の二面にわたっている。はしからはしへたどり、Uターンして裏側へ回る。閉館時間が迫っている。

タイトルをいちいち全部読んでいたら、時間がかかるので、「腸」という字の有無だけにしぼり、見ていくことにした。

「腸、腸、腸、腸……」

棚の前にはりついて、口の中でつぶやきつつ、横歩きでずれていきながら、

(私は今、目をらんらんと光らせているに違いない。棚の前にいる人は、みんな、ひいているんだろうな)


と思った。人のじゃまをして悪いが「許せよ、今日だけ」という感じである。

大腸がんの本と、ついでに病院事典、名医事典の類も借りてきた。

しかし、帰宅後、読んで感じたのは、そういった案内書は、書いてある病院全部が「よい病院」に思え、どこにポイントをおいて比べたらいいかわからないということだ。情報を示されても、評価する能力が、私にはないのである。

病院選びは難しいものと、改めて実感した。

寝る前、ベッドで枕を背もたれに、竹中先生の本を読む。ある患者が、セカンドオピニオンを取りたいが、元の病院からレントゲン写真を借りるにはどうしたらいいかと相談にきたというくだりを、

(なるほど、いろんな人が、いろんな相談に来るんだな)

と読み流していて、ガバとはね起きた。

(写真！　レントゲン写真が要るじゃないの)

私も診察にいく人間である。他人事ではない。この前のクリニックに、貸し出しのお願いにいかないと。

ベッドの下に置いてあった鞄から、手帖を取り出し、慌ただしくめくる。竹中先生の

ところが水曜で、私は月曜はどうしても日を変えられない仕事があるから、火曜か。火曜も仕事が入っているが、朝一なら間に合う。

(危なかったー)

再び枕にもたれかかって、息をつく。

とんだ間抜けをするところだった。相談、相談と人を騒がせておきながら、何の相談材料も持たずに行くという。

しかし、たまたま気づいたからいいようなものの。

いままでずっと健康できたため、病院にかかるということの、そんな「基本」も知らない私であった。

告知を受ける

水曜朝。竹中先生のクリニックへ。

レントゲンを撮った、家の近くのクリニックと規模は近いが、都心のせいか、人間ドックに来たという背広姿の人もいる。

順番を待つ間、緊張が高まらないよう、なるべく集中できそうな本を持っていった。前の日から読みはじめた台湾の李登輝元総統の伝記で、元総統のファンである私は、前日も、自分のおかれた状況を忘れ、結構読みふけってしまった。

平常心を保つには、効果がある。李登輝さまさまである。

診察室から名を呼ばれた。

レントゲン写真をひと目見た先生は、

「これは……ポリープと伺っていましたが」

つぶやくように言ってから、

「前の病院でも、説明があったかもしれませんが」

と前置きし、良性と悪性との形状の違いを図に描いた。一般にポリープといわれるものは隆起性である。それに対し、レントゲン写真に認められるのは、陥凹性で、くぼみ部分に潰瘍《かいよう》を伴っている。それは悪性であり、内視鏡による切除ではなく、開腹し、前後を含めた腸管を切除して、つなぐ手術をする。入院期間は数週間になる、とのことだ。

ひととおり聞いた後、

「病院での説明はなかったんですが、本で見て、これは形からしてよくないなとは思っていました」

と返事した。そう言いつつも、こういうとき、人間の理解の速度は遅くなるのか、

(悪性ってことは、いわゆる「がん」だよな、ということは、すなわち私はがんであるわけだよな)

と、三段論法の一段ずつ確かめながら進むような手続きを、頭の中でとらなければならなかった。

可能性は、考えていた。が、確定するとしたら、内視鏡で組織を取り、調べた上でだ

ろうと。内視鏡検査を経ずして、診断が下されるのは、予想外の展開である。レントゲンを撮ったクリニックでも、すでにわかっていたが、何の構えもない人間に、

「あなたはがんです」

とは言いにくかったのだろうか。

「私も十五年前、同じところにできました。私はこの倍くらいありましたけど」

と先生。「同じ」ということからしても、やはり私は、がんなのだ。

同時に、そこに、告知したばかりの患者に対する思いやりを、感じ取った。同じがんで、しかも「倍くらいあった」という人が、十五年経っても死なないで、現に今、白衣を着て目の前に座っている。それは、私ががんである事実と、同じくらいの重みを持つ支えであり、励ましだ。

「私は今、こういうこともしているんです」

先生は、小冊子をさし出した。

受け取ったそれには「がんと共に生きる全ての人々に　ジャパン・ウェルネス」とあった。診察の中で、「がん」が、言葉として出た最初である。

印刷された、その二文字に、

(私が、がんであるという診断は、すでに揺るぎない事実なのだ)

と改めて悟る。

竹中先生は、もうメスを執っていないが、勤務していた病院に、翌日の診察の予約を

入れてくれた。そこが、私が入院し、手術を受ける病院なのだ。

「いろいろとお仕事の都合もおありでしょうけれど」

と問われ、

「いえ、もう、健康第一ですから、まわりにはせいぜい迷惑をかけようと思います。二度も三度もあることではないし」

本心だった。私にとっての優先順位はあきらかだ。それに、二度、三度とあっては困る。ないつもりである。

診察室を出て、会計を待つため、ロビーのソファに座った。

がんになったのだ。

自分に言い聞かせるように、つぶやきかけ、でも、今、このことに感情的に深入りするのはやめよう、と思った。

気持ちを切り替えるために、読みかけの伝記の続きを開く。

三ページほど進んでから、試みに元へ戻って、今読んだぶんに何が書いてあったか確かめた。

それなりに、内容を覚えていた。目がただ機械的に字を追っていただけではなく、意味としても、頭に入っていたようだ。

(闘病記には、よく「告知を受けて頭が真っ白になった」とあるけれど、思考機能は、どうにか働いてはいるのだな)

と判断した。

診察の中で、先生が「がん」という言葉を、音としては一度も出さなかったことも思い出していた。

告知の衝撃を、そうして可能な限り、やわらげたのである。

クリニックを出て、駅へと歩く間は、

（まずは、絶対に交通事故に遭わないで、駅までたどり着くこと）

を目標にした。こういうときは、まともに行動しているつもりでも、実は度を失っており、周囲への注意力も極端に低下しているに違いないのだ。

会ったこともない私の「相談」に応じ竹中先生に連絡をとってくれた人、竹中先生の紹介で執刀医となる先生。あるかなきかのつながりをたどり、たくさんの人を煩《わずら》わせて、なんとしても守ろうとしているこの命、縁もゆかりもない人間の車になどはねられて落としては、悔やんでも悔やみきれない。

駅までは一本道だが、別の通りと交差するたび、足を止め、ハッタと左右を睨《にら》みつけていた。車の運転手にしてみれば「寄らば斬るぞ」という殺気がみなぎっていて、ブレーキをかけずにいられなかったに違いない。

おそろしく気を張って歩いたせいか、駅に着くと、どっと疲れた。とりあえず喫茶店に座り、コーヒーを頼む。朝一で出てきたから、まだ十時半。日の射し入る窓からは、通りを行く人々が見える。

ほんの一時間ほど前、ここを通ったとき、

(帰りに、この喫茶店に寄ってもいいな)

と思った。そのときの私は、まだ、がん患者ではなかった。

がんはすでにあったけれど、そのことを知らなかった。

がんになったのだ。

ロビーで禁じたひとりごとを、今度は、最後までつぶやく。

私の人生は、これで大きく組み立て直さなければならなくなった、と。

これまでの心配事は、ほとんどが、年を取ったらどうしようというものだった。ひとりで、子もなく、住まいは？　年金は？

自分がいかに、何の根拠もなしに長生きすると信じ込み、すべての前提にしていたかを、思い知る。

その前提が、今日このときから、なくなったのだ。

手術で治る確率は

火曜の朝一は写真を借りに、水曜の朝一は竹中先生……三日連続で、私の一日は、病院へ行くことからはじまっている。

しかも行く先は日替わりで。保険証は連日フル回転である。

それと、レントゲン写真を入れた封筒も。大判で、持ち歩くには結構かさばる。

今日行くところは、いよいよ手術、入院をする病院だ。しかも、九時に予約をとっているので、遅れることはできない。

ああ、それなのに、このかんじんなときに、私は遅刻してしまった。昨日と違って、今日は吉祥寺から井の頭線。渋谷からバスで行くところだ。

(渋谷まではだいたい何分かかるから……)

乗り換え時間も計算し、余裕を持って出たつもりが、この時間の電車って、こんなにゆっくりになってしまうとは。渋谷からバスで、停留所ごとにていねいに止まっていては間に合わないと、走り回ってタクシー乗り場を探したら、なんとなんと、雨のせいか、気の遠くなるほど長い列。

再び走り回って、公衆電話を探し、受話器にとびつき、

「すみません、九時に外科の予約をしている者ですが、今まだ渋谷駅で……」

息せききって話すと、「人道と博愛」の精神を理念とする団体が経営する病院にふさわしい、品のいいご婦人の声で、

「渋谷からですとバスも多うございますから、そちらになさいませ。バス、どこから乗るか、ご存じ?」

と優しくいさめられ、脱力してしまった。遅れるという連絡、先生にちゃんと伝わったかな?

バスに乗ってからも、何分に着くだろうかと心配で、

（でも、そういうことに気をとられ、がんのことでどきどきしないのは、助かったかも）

と思い直し、少し落ち着いて、窓の外を眺めた。

学校や静かな住宅街を通る。私の気に入りそうなロケーションだ。

病院は高台にあるらしく、煉瓦塀の向こうは、前庭だろうか、古そうな大きな木が植わっている。

坂を上るにつれ、建物が徐々に現れる。外来棟と入院棟の二つの建物。クリニックとは規模の違うロビー。まさしく大病院である。

今日の先生は、写真を通しての顔も知らない。文字どおり初対面だ。

向き合って、まず印象的だったのは、話し言葉が非常に正確であることだ。一般に話し言葉には「ええと」「うーん」といった、意味を表さない語が、ある程度の割合で含まれる。

先生の話には、それがほとんど混じらない。書き取れば、ほぼ完全な文章になりそうだ。

日に何十人と、がん患者と相対するのだろう。「ええと」とひとこと間をつなぐために言っても、

（何か言いよどんでいることがある。思ったより、ずっと進行しているのか）

などと過剰解釈される恐れがある。

一語一語の選び方に、鍛え抜かれた印象を受けた。言葉づかいはていねいだが、よけいな語を削ぎ落として進む話には、前日の告知とは違った、鋭い切れを感じる。一語も聞きもらしてはならないと、緊張して筆記用具を構える。

紹介状により、すでに本人はがんと知った上で、手術を目的とする診察に来ているとしてだろう、説明は手術後の治癒率から入っていった。

腸壁はわかりやすくいうと、内側から順に、粘膜《ねんまく》、筋層《きんそう》、漿膜《しょうまく》の三層から成る。

「これは、後で差し上げます」

と紙に横線を引き、図で示す。

がんが、三層のどこまで届いているかを「深達度」といい、それによって手術後治癒率は変わってくる。左から順に、粘膜までにとどまっていれば九五パーセント、筋層までなら七〇パーセント、漿膜までなら五〇パーセント、漿膜より外、すなわち腸壁を突き破っていれば二五パーセント。

詳しくは手術してみないとわからないが、現段階ではここと思われる、と、左から二つめの筋層までに、印をつける。

リンパ節への転移の有無によっても、変わる。同じ深達度でも、リンパ節への転移がなければ、左へ近づく、すなわち治癒率が上がる。逆に転移があったなら右へ、治癒率は下がる。

（これって、本人が聞いていいいんだろうか）

とまどいを覚えつつ、耳を傾けていた。ひと昔前ならば、診察室から出され、家族だけに説明されそうだ。この頃は本人への告知が一般的と、新聞などで読んでいたが、これがそうか。聞きしにまさる進みようである。がんに関する知識がほとんどない、深達度と聞いても、先生に示されるまで、どういう字を書くかも知らずにいた私が、手術で治る確率を、今ここで、正しく理解しなければならないのだ。

採血の指示を受け、診察室を後にする。がんだから当然、治らない可能性もあるわけで、そのことを頭ではわかっているつもりでも、感じとしてつかみきれないまま、採血室に向かう。

看護師に呼ばれ、数本の試験管に貼られた自分の名を確かめる。私はすでに、この病院でがんの手術を受ける「患者」なのだ。腕に針が刺され、針から試験管へとつながる透明の管を、みるみる血が通っていく。

自分の前の書類を、ふと見ると、cではじまる綴《つづ》りがあった。それは私に、cancerという語を連想させる。

(cancer……高校の英文法の教科書に、原因のofの例文として出ていたのも、die of cancerだった。がんっていつも、死とくっついていたな)

と思い出したりするのだが、そんなフレーズももはや単なる例文ではなく、他ならぬ私のことなのだ。

入院の申し込みを終え、広いロビーで会計を待つ。

そのときふいに、

「怖い」

という感情がわいた。

それは、これまでに知っているどの感情よりも、原初的な感情で、ほとんど物理的な力でもって、私の胸をとらえていた。生存を脅《おびや》かされるという恐怖を、このようにつきつけられたことは、かつてない。

がんになった衝撃を、はじめて体で受けた瞬間だった。今こそが私にとっての「告知」なのだと思った。

しばらくは、その力に打ちのめされたまま、身動きもできず、ソファの上で、じっと耐えているほかなかった。

さきほどの図に目を落とす。

手術治癒率は七〇パーセント。

七〇という数字は、残る三〇を意識させる。

三〇は、すなわち、近い未来の死、ということか。三〇パーセントの確率で、私はこの病気のために、遠からず死んでいくのだろうか。

いちばん左の九五パーセントなら、まだ、手術によってほぼ治る、と期待することができたかもしれない。が、私はもう、その段階を過ぎている。それは、けっして後戻りできない差なのだ。

手術して、私の「深達度」はいちばん右だとわかったが、そのときの私には、左から二つめの七〇パーセントでも、死を意識させるに充分な数字であった。

　でも、だからといって、私は知りたくなかったか？

　手術しても治らない可能性のあることなど、そういう病であることなど、聞かなければよかったか？　告げないでほしかったか？

　首を振る。

　死に至る三〇パーセントは、恐ろしい。

　が、人間には恐怖の感情とは別に、「知りたい」という欲求がある。自分のおかれた状況、あり得る可能性について、認識していたいという。

　認識して何になる、といった目的的なものではない。もしかしたら、知らない方が、目的にはかなうかもしれなくても、それでもだ。

　恐怖ほど、原初的な感情ではないけれど、非目的的、非合理的という点では、本能に近いといえる。「人間」としての本能に。

「病気のことなんて調べても、ためにならない、精神衛生に悪いだけ」

　と思いつつも、パジャマを買った後、書店に引き返さずにいられなかったのも、図書館で医学の棚に立ち寄らずにいられなかったのも、その欲求に衝《つ》き動かされてのことだ。

　これからメスを入れるのに、治らない可能性を、同時に引き受けなければならないのは、酷といえば酷である。が、そこに示されている数字は、あくまでも手術前における、患者としての認識事項であって、結果ではない。

ここからが、はじまりだ。すべては、知るところからはじまるのだ。

誤らずにいいたいのは、厳しいのは私が直面している現実であって、それを告げた人間ではない。

説明そのものは、むしろ辛抱強かった。がんの知識がなく、理解に時間がかかったであろう私に対し、腸壁の構造から、紙に書いて示した。

話し言葉の正確さも、強い印象を残していた。むろん医師は科学者だから、正確さを求めない人はいないだろうが、患者との間で、その価値観を共有する人ばかりとは限らない。

診察室の前にいる中では、私はもっとも若かったが、言葉づかいが一貫しているのも、信頼の基となった。相手の年齢や社会的地位などによって、向き合い方を変えないのは、医療の根幹をなす部分である。

短いコンタクトの中にも、患者は目の前の医師に、命を預けられるという確かさを探している。

がんは、自分の中にありながら、未知なるものだ。未知のものへの畏《おそ》れは大きい。大きすぎて、いまだ測りきれないほど。

しかしながら、私の進む方向は定まった。病院も執刀医も決まった。

切らなければならなくなったものの、まったく何のあてもなく、雑踏のただ中に立ちつくしていたほんの一週間前を思えば、何かしら不思議の念にうたれる。自分が、今、ここに、こうしていることに。

会計をすませて、建物の外に出る。前庭の桜の古木が、美しい。

一週間前までは、知らない場所、知らない人々だった。さまざまなめぐり合わせが、私をここへ連れてきた。

手術の先の、行く末はわからないが、とりあえず、ここまで来ることができた、自分の運を信じたい。堂々と枝を張る桜を前に深呼吸すると、さきほどまで胸をつかんでいた力が、やわらぐのを感じる。

むろん、がんにならないのが、いちばんの幸運だけれど、それは言わない約束にして。病院事典、名医事典は、この日から無用の書になった。

がん患者となって

仕事をどうする?

がんとわかってから、私はにわかに多忙となった。

ポリープの切除なら日帰りか一泊ですむものを、急にひと月近い入院が必要となったのだ。状況はまったく変わってくる。

竹中先生のところで告知を受けた日も、家に帰ってすぐ、キーボードに向かった。月曜日に取材していた江戸前のなべもの屋の原稿で、こちらからお店に頼んだことでもあるし、撮影した写真家の人の仕事も無にしてしまうので、それだけはどうしても入院前に終わらせておきたかった。

(命にかかわる病気と知った日に、「なべ」っていうのもなあ。心ここにあらずだったらどうしよう)

と帰宅途中は案じたが、いざとりかかると、絶対に今日中に仕上げようと気合いが入ったせいか、ふだんより集中し、短時間で、しかもいい原稿ができた(?)ように思う。

ふだんなら倍は時間がかかるのに、

（人間、やればできるじゃない）

と気をよくした。

書いている間は、がんのことがまったく頭になくて、文字にしつつあるそのことがただひとつの関心事になるというのも、発見だった。

翌日、手術を受ける病院に行ってからは、より忙しくなった。

「そうお待たせしないで、来週早々には入院できそうですよ」

とのこと。一週間もない。

一ヶ月間ぶんの仕事を、その間に前倒しするのは、ずえったい無理。関係者に、休載もしくは断りのお願いをするため、連絡すべき先をリストアップする。この仕事をはじめて十数年、締め切りを一回も落としたことのない私にとって、「できません」と言うなんて、ほとんど想像外であったが、いざとなると案外、割り切れるものである。というより、割り切れようと割り切れまいと、他に選択肢はないのだから。

リストアップを終え、遺漏《いろう》はないか何回も点検したが、あまり完璧をめざすと、それだけで「がんになりそう」なので、抜けがあってもいいことにした。

どの人にどこまで説明したかわからなくなるといけないので、病名はふせ、「急に一ヶ月間入院しないといけなくなったので」に統一する。

この言い方が、難しい。

かなりの迷惑をかけるので、ある程度、シリアスな状況が伝わらなければならない。が、何といっても電話をしているのが、本人だ。突然倒れたというような事態でないのはあきらかで、いまひとつ切迫性がない。

また逆に、相手があまり察しがよすぎ、

「あー、この人って、もう終わってるんだ」

と思い、以後の仕事が来なくなっても困る。

対応は、さまざまだった。

女性で、特に同世代かそれより上の人は、婦人科系の疾患をまず思い浮かべるのか、病名は聞かない。前々から決まっていることをくつがえされ、さぞや迷惑だろうに、

「ひと月休みでもいいし、プレッシャーになるようならふた月休みにしておいてもいいし、こちらはいかような態勢もとれるから、岸本さんの望むとおりを言って」

と言われると、受話器に向かって三拝したいくらいであった。

ビジネスライクに代替案を出してくれた電話の後に、手紙やメールで、

「病名も入院先も、こちらからは聞かないけれど、手伝えることがあったらいつでも連絡してね。自宅の電話と携帯はこれこれ」

といった応援メッセージをもらったりすると、仕事関係の知り合いだけれど、それ以上の「絆《きずな》」を感じた。

むろん、そういう人ばかりでなく、あっさり仕事を打ち切られたところもある。ま、

決定権は向こうにあるから否やもないが、こういうタイミングで言うかな？　そういうお付き合いだったと思うほかはない。

それはまだマシな対応の方で、出張をともなう仕事では、「手術をするから傷がくっつくまで動けません」とまで言っているのに、受け入れ先から、あからさまに迷惑声を出され、

「なんとかなりませんか」

とくい下がられたときは、

「ほんまの病名、言うたろか！」

とすごみたくなった。なんとかも何も物理的に不可能なのだ。いくたびか仕事をともにし、私の責任感の強い性格を知らないはずはないのに、その私がこれほどハッキリ「行かれません」と詫びを入れているのに。私ひとり欠けたら成立しないわけではない。他に何人も出席者はいるのだ。

悪いのはこちらだし、入院、入院と威張るわけではないけれど、人間、病気になることもあれば親や子が死ぬことだってあろう。そうしたリスクをお互い承知で、計画に含んだ上で、社会活動は成り立っているのではないかと、問いたい。

「それでは、代わりにどなたか来られる人を探して紹介してもらえませんか」

と、さらにさらにくい下がられたときは、

「あのですね、私は来週早々にも入院をしようとしているのですよ」

と、もういっぺん頭から説明したくなったが、時間がもったいないため「できません」で通した。

なまじ私がハキハキしていて、声なんかも張りがあるから、説得力を欠くのかなあ。いずれにしろ、あそこから二度とお呼びはかからないであろう。

まったく、いろいろな面を見る。

会社勤めだったら、ここまでじたばたすることはなく、誰かが代わりにやってくれるのかもしれないが、そのぶん、ポストを失うといった焦燥があるのだろうか。

とにかく、することが多すぎて、がんとわかったからといって、しんみりする時間がない。母の死の経験から、

（臨終からお葬式って、遺族に悲しむヒマを与えないためあんなに忙しいのかな）

と思ったが、たとえは悪いけれど、告知から入院まではそれと似ている。まあ、入院が二ヶ月も三ヶ月も先で、その間にもがんがすくすく育っているのではと脅《おび》えるよりは、いいのだが。

なんか、あんまりちょこまか動き回っていて、病人ではないみたいである。カロリーを消費するせいか、入院までの一週間足らずの間に（がんのせいでなく）、体重が二キロも落ちてしまった。その代わり、夜はグッスリと眠ることができた。寝つけなかった日は一日もない。

意外と落ち込まないのは、がん患者にまだなりたてで、気を張っているせいもあるだ

ろうか。ずっと張りっぱなしでも続かないので、これからは、緊張と弛緩《しかん》とをうまく使い分けていかないと。

入院、手術といった経験のないことばかりだし、がん患者初心者としては、健康時のモットー「機嫌よくあれ」が、どこまで通用するかわからないが、なるべく、そうでありたい。むろん、不機嫌になることもあろうが、そのときは優等生的にがまんせず、「今はこういう態度しか取れないから、悪いね、無視しておくれ」と開き直るとして。

がんになる前の、発想、ものごとへの関心の持ち方、感じ方、考え方も、どこまで保てるかわからないけれど、できれば、変わらず、維持したいものだ。なんて、これも気張っているかな。ちょっと照れる。

なぜ、という問い

むろん、私も人の子だから、ちょっとした隙《すき》に、「がんになった感慨」のようなものが、すっと、胸のうちに入り込んでくる。

自分ががんになったことについては、意外の一語に尽きる。ひと頃、医者ががんになった話をよく読んだのは、主体的存在としての人間のありかたが集約されて現れるからであって、自分ががんになりそうだから、ではなかった。

主体的存在云々については、この先書く機会がないかもしれないので、長くなるが記すと、医師はそうでない者と違って、自分の余命、近い未来の死を、かなり正確に知らざるを得ない。いつかは死ぬが、生は基本的に伸張するものという方向性に従って、現在の一瞬一瞬を前へと進んでいく人間にとっては、極めて不自然な事態である。

この、生物としての人間にとっての、限界状況を超えさせるのが、認識する主体、意味を実現する主体としての人間の力だ。

『「死の医学」への序章』の西川喜作は、自分の人生の経験をインテグレートしたいと言った。『森田療法』の岩井寛は、視力を失い、字が書けなくなってからも口述筆記により本を著し、さらには実験的試みとして、対話者に、死の直前までの思索の移り変わりや意識の状態を、詳細に記録させた（『生と死の境界線』）。なぜそれをするかについては、最後まで「意味」を求めながら生きたい、人間としての「自由」を守り通したいからだと、『森田療法』に記している。全身に及ぶがんにより、片耳が聞こえなくなり、目が見えなくなり、身体的機能を次々と奪われても、人間はどこまで人間であり得るのか、精神はどこまで「自由」であり得るのか、考えさせられた。

むろん、私の今の状況は、彼らと並べて語れるものではないが。

がんになったことは意外の一語に尽きる、という話に戻る。

がんの原因として、ストレス、生活習慣、遺伝の三つがよく挙げられる。ストレスに関係して、ストレスを受けやすい「がん性格」のようなものも語られる。

ストレスについていえば、私の病気があきらかになれば、

「やっぱり、もの書きのような不安定な職業の人はそうなるのよね」

といった理解のしかたをする人もいよう。

が、自分としては、

「この十年近く、好きな仕事と収入を得る途とが一致して、こんな幸せなことがあろうか」

というのが実感だった。この先、仕事がなくなるとしても、好きなことを職業にできた十年間が、人生のどこかにあっただけでも、よしとせねばと。

仕事相手も、長い付き合いの人が多くなり、人間関係はよかった。

私生活については、数年前の母の死、それにともなう家族間の考え方の違い、父の引っ越しなどもあったが、世間の人のほとんどが親が先に死ぬわけだし、とりたててストレスというほどでもない。そもそも私は、ストレスが「ある」とし、その原因を探ろうとする、心理的還元主義になじまないのだ。

いわゆる「がん性格」としては、暗い、内向的、頑《かたく》な、完全主義が挙げられ、そういうのに還元するのもまた疑問だが、仮にそれをものさしとしても、私は明るい性格だと思うし、ものごとのいい面を見る、別な言葉でいえば自分に都合よく受け取る方だし、きまじめではありマイペースへのこだわりもあるけれど、思考としては現状追認型で、その意味では、柔軟だ。

生活習慣は、煙草、吸わない、お酒、外食時に日本酒かワインで少々口を湿す程度。一時就寝八時半起床と、やや遅寝遅起きの方向にずれているものの、それなりに規則正しく、睡眠時間は、同世代の中間管理職や子育て、介護まっ最中の人に対し後ろめたいほど、しっかりとっていたのである。

食生活については、私のことを知る人なら、誰もが、

「ああ、あの健康に気をつかっている岸本さん」

と異口同音に言うだろう。家ではもっぱら和食、肉より魚、サラダよりおひたし、緑黄色野菜、食物繊維たっぷりで、玄米まで炊いていたのである。

図書館で大腸がんの本を借りて、「大腸がんを予防する食事」という章を読んだら、私のしてきたことそのものだった。ほぼ理想どおりで、

「それでもがんになるならば、これ以上何をしろって言うの」

とむなしくなったほど。高脂肪高蛋白《たんぱく》のメニューなんて、どこの話って感じ。

「日本でも欧米型食生活の普及により、大腸がんが増え……」

とか、軽く書いてほしくないよな。

だいたい、四十歳のがん患者としては、

(そんな生活習慣の影響が蓄積するほどまだ生きてないぞ、おい)

という反発があるのだ。

遺伝については、そりゃあ、親戚すじをたどっていけば誰かしらはいるでしょうよ。

母はがんではなかったが、母の母、母のきょうだい、母のきょうだいの子と、母方の親戚の三世代のそれぞれにひとりずつ大腸がんがいることはいる。

が、遺伝云々を言い出せば、日本人の二人にひとりががんなのだ。人が二人の親から生まれる以上、確率的には、全員が遺伝的要因を持っていることになる。

がんになったことについて、因果応報的な考え方をする人もいるが、私に言わせれば論外なので、ここでは検討を加えない。

長々と書いてしまったが、要するに病気というのは、なるときはなるのである。

どんな人生を歩んでいても、前途にどんな夢や希望を抱いていても、どんなに別れがたい人間関係を結んでいても。いっさい、お構いなしだ。

病気というのが、そのように、もともと不条理なものなのだ。だから、なぜ私ががんに？　の「私が」の部分が、特別に不条理だとは思わない。

病気について、なぜ？　を問うことに意味はないのだ。それよりも考えるべきことは他にいっぱいある。

もちろん、弱い私のことだから、今現実に、すごく痛かったり苦しかったりすれば、

「なぜ、こんなつらい目に？」

と問わずにいられないだろうが。

病気とは、もともと不条理なもの、と述べた。それを言い出せば、「死に向かって生きている」という私たちの存在形式そのものが、不条理なのだ。仏教でも生老病死を四

つの不条理としているではないか。いや、仏教では、不条理とは言わないか、四苦だったかな?

と、話をすぐ抽象的次元にずらしたがるのも実は、具体的状況からなるべく目をそらそうとする、一種の防衛本能だろうか。状況につぶされないため、思考力をわざと違う次元へ総動員させようという。

さっきから同じところを行きつ戻りつしているようだが、いまいちど要するに、病気になるのに、生き方は関係ない。

でも、なってからは、生き方はおおいに関係ありそうだ。

それぞれのがんイメージ

仕事の整理の他にもうひとつ、入院前にしておかなければならない大事業が、親への説明だった。

母親はすでに亡くなっているが、八十近い父親がいる。同じ東京に住んでいるが、同居でないため、こちらの動静はまだ知られていない。

注腸造影により、切らねばならないとわかったとき、まず考えたのは徹底した引き延ばし工作だった。

その日、レントゲンを撮ることは、うかつにも洩《も》らしてしまっていた。同じクリニックにかかっている父とは、クリニックは共通の話題であり、腸にバリウムを入れるとい

うことのめずらしさもあって、

「水曜にこれこれこういうことをするんだけどさ、前々日の夜から腸を空っぽにする段取りをはじめるらしくて、もう、たいへんなのよ」

などと、考えなしに喋《しゃべ》ってしまっていたのである。まさか、こういう検査結果が出るとは思わずに。

クリニックを出て、駅ビルの公衆電話から病院探しの依頼をしたことは、さきに書いた。で、その舌の根も乾かぬうちに、というか、置いたばかりの受話器を取り上げて家にかけ、

「写真は当日はできなくて、土曜日になるみたい」

と、われながら、つまらない嘘をついた。

「ポリープがありました」

では、いい大人として、報告の体をなさない。「ポリープがありましたが、これこれこういうところで切ることになりましたので、ご心配なく」というところまで持っていきたかった。その態勢を整えるまでの、時間稼ぎを図ったのだ。

「土曜日」と自分で切った期限が来て、週末、親の家に行った。電話ですませず、わざわざ「面出し」をし、図書館で借りてきた竹中先生の本のコピーまで持っていって、

「ポリープがありましたが、この先生にどこで切るか、相談することになりましたのでご心配なく」

と。それが、告知前までのこと。

がんとなると、状況はまた、というか、まったく変わってくる。できれば言わずにすませたいけれど、ポリープなら日帰りか一泊の入院ですむはずが、一ヶ月近くになるのだ。そんなに長く家をあけるなんて、どう考えたって不自然。仮にがんをふせて、ポリープで手術、入院することにしても、手術前後は、当人は麻酔でぐっすり眠ってしまい、情報操作ができなくなるのだ。先生から、

「手術は終わりました。がんは切除できましたよ！」

と言われ、そのときはじめて、

「ええっ、娘はがんだったんですか!?」

と知り、卒倒されたら、まずいまずい。

いや、その前に、そもそも入院にあたって保証人の判が必要なのだった。会社勤めでない私には、父親しかいない。

しかし、私はたまたま親がまだ生きていたからいいものの、組織に属していなくて、家族もいない人はどうするんだろう。入院費の支払い能力が問題なら、預金口座のある銀行がそれを証明するとか、もう少し別な方法がとれないものか。

この際、母親が死去して、すでにいないことが、私の心を少し軽くしていた。告知を受けたときも、

（母の死と順番が逆でなくてよかった）

とホッとしたのである。

私は出産していないので未経験だが、女親は腹を痛めた子どもとは、へその尾が切れた後も、生物的な一体感とでもいうような紐帯《じゅうたい》があるという。手術と聞いただけで母は、まるで自分の体にメスを入れられるように感じたのではなかろうか。もともと高血圧の人だったが、それだけで血圧が五割増しくらい上がって、危険にさらすことになったかも。

ましてや、がんである。私が生まれる前、母の母が大腸がんで亡くなっている。医療が今ほど進んでいなかったせいか、末期は悲惨で、

「あの辛抱強いおばあちゃんが、六畳間のはしからはしまで転げ回った」

というのが、がんを語るときの母の口癖だった。母にとってがんはすなわち、激烈な苦痛であり、悲惨な死と同義語なのだ。

その経過を、自分の娘がたどるという恐怖とつらさに、耐え得なかったのではなかろうか。

ちなみに私は、母親とは、がんに対し少し違うイメージを持っていた。

避けたいことは、むろん、避けたい。が、もしもなってしまったら、先にあるのは、必ずしも一〇〇パーセント悲惨なばかりの死とは、限らないかもしれないと。

十年近く前、私のいとこ、母にとってはきょうだいの娘が、がんで死んだ。今の私と同年代の三十九歳、同じく大腸がんだった。

聖路加国際病院の緩和ケア病棟に入院していたので、日野原重明先生の本で、そのときのようすを知った。末期だったが、いとこはごくふつうに日々を過ごし、自分の死んだ後のことについて、家族と冗談を交わすくらいだったという。

大人になってからのいとこが、どんな精神生活をしていたのかは知らない。何か宗教的バックボーンがあったようにも、特別な死生観を持っていたようにも、聞いていない。

ふつうの人が、ふつうのときと同じ心の状態を保ったまま、死んでいける。がんでも、そういうことがあるのかと、印象的だった。

いとこの母親は、その後、娘の亡くなった病院でボランティアをした。娘の死に、強く感じるもの、受け取るものがあったのだろうか。

若年の死、親に先立っての死は、いたましかったが、遺《のこ》したのは、悲惨な想い出ばかりとは限らないのではないか。

痛みのコントロールがうまくできれば、がんは、その人の人間性に壊滅的な打撃を加えることはできない、それほどまでに圧倒的な暴力を、人間に対しがんはふるうことはできない。がんを完全に治すことはできなくても、人間に対するそこまでのがんの支配を許さぬ技術と誇りとを、現代医療は有している。そう信じたいと思った。

医療の進歩による治癒率の向上、緩和ケアの発達によって、母と私との間には、がんに対するイメージの世代差があるのかもしれない。

父は男親だし、自らも数ヶ月前心臓にペースメーカーを入れたばかりなので、私の手術に対しても、恐怖感より、医療行為として前向きの姿勢でもって受け止めてくれるだろうとの、期待がある。

が、何と言っても、事はがん。親として、ショックでないはずはない。

高齢の父に与えるダメージを思うと、タイミングもおのずと慎重になる。

心配をかけたくないというと、まるで孝行娘のようだが、そうでなく、ただでさえすることがいっぱいあるのに、親に言えば、落ち込まないようフォローするという自分の仕事がさらに増えるので、なるべく後回しにしたいという、利己的な動機なのだった。

家族に話す

執刀する病院で入院の申し込みをした次の日の金曜は、吉祥寺のクリニックに、父が来る日だった。

私は診察の終わり頃、迎えにいき、昼ご飯がまだという父親に付き合って、スパゲティ屋に入ったが、向き合って食べながら、

(まあ、やっぱり今日はやめとくか。この後、父は都心の家まで、電車で帰らないといけないわけだし、私は三時から美容院の予約をしているから送れないし、途中ショック

でぼうっとして、駅の階段を踏み外されたりしても困る）

と、内心の堂々巡りを繰り返していた。腹に隠し持つことがあるせいか、そのときのスパゲティは、私にはやけに重たく感じられ、どんどん減っていく父の皿を見ながら、

（この年でよく、この油っこいものが、しかもこの量、入るよなあ。昔の人って、やっぱ健啖家なのかなあ）

と妙に感心した。若い頃結核を病み、今も心臓疾患を抱えているが、「この年まで生きている人」の生命力を、目のあたりにするような。

そんな感心の仕方は、がんになって以後のことだな、と思った。

スパゲティ屋から店を変え、喫茶店でずるずると二杯もコーヒーを飲んだのに、やはり言えず、またも先延ばししてしまった。

父と別れ、家の留守番電話をチェックすると、なんと病院から「火曜日に入院できます」とのメッセージが。おおーっ、ついに！　これはもう、黙っておけない。

父の後を追いかけたいほど気が急《せ》いたが、こういうときこそじたばたせずに、初志貫徹で美容院へ。カット後も、濡れた髪で外へ飛び出しては、たいせつな手術の前に風邪を引く、とブローまでしてもらったが、美容師が毛先にニュアンスを出そうとするのか、同じところをなんべんもなんべんもカールブラシでなぞっているのがまだるっこしくてならず、

「たいして変わんないですから、適当でいいです、適当で」

と立ち上がりたいのを、じっとがまん。

帰宅し、ばたばたっと仕事をしてから、

(どうあっても、もう言わねばなるまい)

入院関係の書類や、病院の地図、面会時間の案内などを揃えて、親の家へ。夕飯をとる時間がなくなってしまい、夜の上り電車は空いているのをいいことに、座席でコンビニのおにぎりをかじりながら野菜ジュースを飲むという、若者のようなことをしてしまった。食生活の正しさを誇ってきた私としては情けなく、第一、体に悪い。進行がんになっておいて、体に悪いも何もないと言われるかもしれないが。

駅から親の家に向かう間は、さすがに胸がどっきんどっきん音が聞こえそうなくらい高鳴って、

(この緊張を経験したなら、将来、結婚したい相手ができて親の承諾を得にいくことがあっても、なんてことないわ)

と自分を励ました。

話の順序は、決めてあった。で、そのとおり、実行した。

竹中先生に、いい先生を紹介された。診察に行って、入院の日取りが今日、決まった。ただし、入院の期間は、この前言っていたより長くなる。この前は、一泊くらいと言ったが、数週間から一ヶ月。先生に診てもらって、内視鏡で取るより、手術の方が適切だろうとの判断だったからである……。

「ポリープも、そういうふうに切るとなると、がんと呼ぶようになるの」

「がん」という言葉を、はじめて家族の前で出した。親の表情は、みじんも変わらなかった。

先を続けた。だから、病院の書類にはがんと書いてあるだろうし、先生も、その言葉で説明するだろうけど、状況が変わったわけではないから（ほんとうは、おおいに変わったのだが）動揺しないように、と。

父から衝撃を表すような反応がなかった私は、ホッとして、多少調子づき、この前先生から示された「深達度」の図を、パーセンテージの数字抜きで描き、いささかアレンジして説明した。ポリープでも、いちばん左のようなものは、内視鏡で取ることもあるが、私のは左から二ばんめだから、手術する。その部分を、腸管ごと切り取って、前後をつなぐ。

開腹前の段階で、先生にわかるのはここまでだろうから、よくドラマにある、医師をつかまえて、

「先生、娘は助かるんでしょうか！」

と胸ぐらをつかんで迫るようなことのないように、と付け加えると、

「それはテレビの見過ぎ」

と父に指摘され、大笑いになった。

想像以上にうまくいった。

心にひっかかっていた大事業がすんで、なんだか半分、手術が終わったみたいに、はればれとしてしまった。

保険証券と「遺影」写真

後はもうひたすらこまごました準備のみ。秋晴れなのか天気のいい日続きで、買い物日和だ。病院からもらった「入院生活のしおり」は必要なものを揃えるのに、とっても役立つ。

パジャマはもう購入したから、肌着、ソックス、タオル。家にもなくはないが、看護師さんたちへの身だしなみとして、新しいものを。ただしこちらは、デパートでなく安売り屋で。入院中読む本、読む姿勢がつらくなったときのためにCD。私は単純なので、「治療にはヒーリングだわ」

と疲れた人が聴くような、ヒーリングミュージックのCDにし、胸をかきむしるようなバイオリン曲や、重たーいベートーベンやシューベルトは注意深く避けた。それから、回復してきたらワープロを打ちたくなるかもしれないから、この機会にマスターしようと思うノートパソコン。それらいっさいがっさいを病院に運ぶためのスーツケース。

スーツケースをひきずり帰ってきたら、入れ違いに、家のパソコンに、開腹手術経験者から、

「ワープロ、やっぱり要りませんよ。無理です。痛くて」

というメールが来ていて、がっくりした。

やはり回復期のために、顔色がよく見えるようにと、ピンクの頬紅も。「入院生活のしおり」にも、薄化粧はいいことです、と奨励してあった。誰に見せる？　自分に。パジャマと同じ。忙しいさ中に、美容院の予約をとって行ったのもそのためで、パーマがすでに伸びきっていて、さらに一ヶ月も放置しては、やつれた雰囲気になること必至だったので、なんとしても外せぬ用事だったのだ。

ふだんより短めの顎《あご》の下でカットし、ちょうど頬の横でふくらむよう、ワンカールの太いロッドで巻いてと頼んだら、ふっくらした感じになり、とても満足。

ビジュアルの、自分に与える影響って、大きい。なので湯呑みや、歯磨きのコップや、箸、スプーンも、割れるのを厭わず、家でふだん用いているのを、そのまま持っていくことにした。入院先でも、変わらず平常心を保てるよう、一種の適応策として。だから「親の気持ち」なんだろうけれど、父が思いついたように電話をしてきては「あれが要るんじゃないか」「うちにあるこれを持っていったらどうか」と言うのが、正直、煩わしく、

「持ち物については、こちらからお願いしますというときだけ、お願いします。この先、手術の同意とか、他の人には頼めない、親の出番が必ずあるから、今、こまごまとしたことは結構です」

と断ってしまい、

（やっぱり私って、我が強いんだな。自分の居場所とかペースを、思うとおりに律していかないと気がすまないんだな）

と、嫌になった。ま、手術で動けなくなれば、そんなコントロールはいっさいあきらめなければならなくなるから、こういう性格の人間には、いい薬でしょう。

ひとり暮らしの私には、入院準備の他、さらに家をあける方の準備もある。いない間、新聞販売店へ配達を止めてもらうための連絡、郵便物の処理、前もって収集所にゴミを出させてもらうよう、マンションの清掃の人に相談……ちょうど入院中、マンションの給水管更正工事が予定されており、台所の流しの下と洗面所の下の収納から、事前に全部物を出しておかねばならず、土鍋だの圧力鍋だの液体洗剤のボトルなどをひっぱり出しながら、

（退院して帰ってきても、手術後の切ったばかりの腹では、これ全部、元に戻すの無理……）

と思ったりした。その他、着てもいないのに、すでに糸のゆるみかけていたパジャマのボタンの付け直しとか（機械によるボタン付けって、ほんと、だめなんだから！）、病名は、とてもとてもシリアスなのに、まったくなんて、こまごましたことばかりなんでしょう。

また、針仕事をしていて突然、

「そうだ！　私はたしか何か保険に入っていたではないか。あれはたしか、入院費が出

るし、がんの場合は、一時金がもらえるんではなかったか！」

と思い出し、家捜しの末、保険証券を探して、

「あの、私、がんになったんですけど、お金は出ますか？」

と問い合わせたりした。

保険証券のついでに、万が一のときのため、私の持っている預金とか不動産の書類とかを、わかるように出しておこうかとも思ったが、やっぱりそれは、勇気がなくてやめた。ただ、遺影用として、自分がもっともうつりが気に入っている写真だけ、ひきだしのいちばん上、もしものときまっ先に発見されるであろうところに置いた。

前日の午後になると、さすがに、準備も終わり、掃除機をかけ、鉢植えに水をやったりしたらせいせいして、切符をもらっていた歌舞伎座にいくことにした。関心のない人にはつまらない話で悪いが、夜の部の演《だ》し物《もの》は「伽羅先代萩《めいぼくせんだいはぎ》」といい、若君への忠義のため、乳母の幼い息子が死ぬ話で、前々からずっと観たいと思っていた。入院前日に歌舞伎どころでもない気もするが、美容院同様、「こんな場合に、それどころじゃない」みたいな計画を知らんぷりして通すのが、平常心を保つためにはいいだろうと。入院前最後の食事が、歌舞伎座の弁当というのは、ちょっと物足りなかったが。

「伽羅先代萩」は堪能した。ただ、乳母が子の亡骸《なきがら》にとりすがり嘆くところでは、ふだんより「親の気持ち」が身にこたえ、「死ぬ子はみめよしと……」という義太夫の語りでは、

(私がもし今度の病気で死んだなら、父親も、死に顔を見て、そう思うのかな)

(いや、みめよしとは、器量よしのことだから、そんなところで自分を重ねるのは、図々しいか)

と思い直したりした。

帰宅後、父に電話をした。「伽羅先代萩」を観てきたと言うと、観劇歴六十年の父は「あの芝居のみどころ」を得々として語り出し、聞く方としては、

(私もまあ、なるたけ心配させないような言い方はしたけれど、事の重大性が、どれくらい伝わってるんだろう?)

と疑問になったりした。

「それから今日、見てきた見てきた」

父が言うので、一瞬話がこんがらがり、

「えっ、歌舞伎?」

「違う違う、明日行く病院」

なんと、地図を頼りにひとりで下見に行ったらしい。やっぱり親としては、子どもが世話になるのがどんなところか、気になったのだ。

たいした行動力ではないか、と見直した。同じ行動を起こすにしても、がんの本をしこたま家に買い込んできて、あれこれの可能性を考え、座して心配をつのらすのではなく、「病院を見にいく」という外向きの行動に出るところが、子どもとしては気が楽だ

し、頼もしくもある。

「いい病院じゃない！」

父は声をはずませた。

「広くて、古い大きな木がいっぱいあって」

父の言うことを聞いて、私は笑い出してしまった。私にとって病院の決めてとなった印象も、それと大差なかったからである。

初めての入院生活

自分にとっての「よい病院」

いよいよ入院。病室にトランクを置き、ロッカーに身のまわりのものをおさめると、心からホッとした。

告知から中五日。後から後からわいてくる、すべきことのリストを作っては消す日々だった。よくぞここまでたどり着いたものだ。

このどたばたぶり、

（過去の何かに似ている……）

と思い出したら、マンション購入だった。あのときも人生の一大事であるのに、物件に出会ってから五日間というスピード契約。私は理屈っぽいようでいて、実は、ありとあらゆる情報を集め、その中から比較検討の上でというより、直感で判断するタイプなのかもしれない。しかも、決めたら、迷わないという。

髪を切る、歌舞伎など、入院前にしようと思ったことはほぼできたので、気分は上々である。

部屋は十一階で、個室。体力的に許せば、原稿は書けないまでも校正とか資料読みくらいの仕事はしようと考え、分不相応だがひとり部屋にした。そのぶん費用はかさむので、保険金が下りるのは、とても助かるのだった。

置き場所をくふうすれば、ベッドの上に座ったまま、右側の電話にも、左側の洗面台にも手が届く。それだけ、狭いということだけれど。風呂はフロアーに共同で、トイレだけ部屋に付いている。

「古い木がある」くらいの病院だから、ロッカーだんす、テレビ台を兼ねた物入れなどの備品は、いずれも経年を感じさせるもので、ビニールテープで補修してあったり、粘着シール式フックの跡がついていたりする。そのへんのテイストも、私には合っている。新品よりも、ずっと落ち着く。

着いてすぐ、アンケートのようなものに記入した。四枚にわたるもので、質問は、入院に至る経過、医師からどのように聞いているか、病気についての説明は誰にしたらいいか、性格、困ったときに相談する相手、入院に関する心配事など、こまごまとした項目にわたる。

(告知の有無とか、家族関係といった背景をつかんだ上で、看護にいかそうとしているのだな)

と察せられる。がんなのに「腸炎」と書いていたならば、本人は知らないわけだから。

病気の説明は「本人」と書いておいた。

記入がすんだら、入院生活のガイダンス。婦長さんを部長とすれば、課長くらいの立場になりそうな看護師さんが、フロアーを案内してくれる。

給湯室は二箇所、電子レンジ、オーブントースター、分別ゴミ入れはそこに。コインランドリー、乾燥機も二箇所。風呂も二箇所で、家庭用より少し広め、決まった時間内に、「入浴中」の札をドアの外に下げて、交代で入る。

廊下のコーナーには、ソファと応接テーブルもあり、花が飾ってあった。のちのちわかったことは、ここに勤めて四半世紀といった感じの女性が、来る途中に摘んできて、絶やさぬようにしているのだ。

この人は看護師ではなく、検査室への車椅子での送り迎えとか、お茶を配るとかの補助的なことを仕事としている。そうしたスタッフも、何人かいる。いずれも女性だ。

掃除やゴミの回収は業者に委託しているが、ベッドメイキングは看護師がチームを組んで、行っている。「Aチーム」「Bチーム」の札を立て、埃とりの粘着テープやはたきを満載したカートが、

「ベッドのお掃除でーす」

の挨拶とともに回ってくると、それだけで部屋の空気が入れ替わるようだ。

看護師さんは、笑顔を保ちながら、常にきびきび立ち働き、歩いているのを見たことがない。いつも小走りである。

日航機の墜落事故の本で、ここの団体に属する看護師が、遺体を少しでもきれいに整えて家族に渡すため、男性でもひるむ現場で、黙々と献身的に働いていたというのを読んだときから、尊敬の念を抱いていた。入院先で迷わなかったのは、そのせいもある。

ガイダンスが終わってから、部屋で「入院生活のしおり」を再度、熟読した。入院前は、必要なものを準備するための参考書だったが、今は、館内案内だ。

「病院はあなたの街です」と、一階や地下一階の見取り図が書いてある。売店や喫茶店兼食堂、銀行のキャッシュコーナー、美容院や本屋まであるらしい。

(本屋はぜひものだな)

(美容院は、手術の後風呂に入れなかったら、頭だけ洗いに行こうかな)

構想を練るのは、楽しい。

「都内にはめずらしい広い庭園や桜並木」もあるそうで、手術後はリハビリを兼ねて散歩しようと決めた。

この「しおり」は、鳥や木なんかのイラストを随所に入れて、デザインも内容も、入院への不安を少しでもやわらげようと配慮されていることがよくわかる。

初日は、血液、尿の検査、心電図、胸部と腹部のレントゲンを受けた。

終わってから、婦長さんが自己紹介に来て、次いで二人の医師の回診がある。四十前後とおぼしき男性と、二十代とおぼしき男性。チーム医療制になっていて、私の治療には、さきに診察を受けた五十代の先生と、三人であたるらしい。こんがらがるといけないので、年かさの先生を主治医、中くらいの先生を担当医、いちばん若い先生を若先生と書くことにする。若先生は平日は常に担当医と組で動いていて、土日や時間外には、ひとりだった。

夕飯もすみ、回診もあったし、

（今日はもう何にもないだろうな。よし！）

と早速部屋を抜け出して、昼間から行きたくてうずうずしていた一階と地下一階の探索に。初日から（初日だからこそ？）好奇心満々である。実はその間に主治医の回診があったらしく、次の日、何かのついでのように、ふと、

「昨日、夜七時頃、お出かけでしたか？」

と言われて、どきっとした。わざわざ足を運んだというのに、もぬけのからだったとは。初診の際の遅刻にはじまり、この先生には、なんか、礼を失してしまうめぐりあわせ（？）になっているようだ。

主治医はほんとうに忙しそうで、いつ現れるかの予測は不可能。管理職としての仕事もあるだろうから、それはそれはもう膨大な業務の合間をぬって来るのだろう。看護師は歩かないと書いたが、この先生は、止まっているのを見たことがない。常に移動中である。

半分開けっぱなしにしてある病室のドアから入ってきながら、

「検査の結果は異常ありませんでした」

と、すでに本題に入っている。前置きは抜きだ。部屋の入り口からベッドまで、たぶん五歩。去るときも同じである。

「風のような人……」

というのが、働く先生の印象だ。が、その中でも触診があるのがありがたい。

私には想像のつかない、さまざまな責任やプレッシャーを抱えているのだろうが、常に一定のペースを保ち、話し方や表情も変わらないのは、おそれ入る。医師という仕事は、それも「長」のつく立場となると、よほど切り替えがじょうずでなくては。

そのことを、のちに入院経験のある人二人と話したら、

「えっ、そんな、さっささっさか、ひとりで来るの？」

と驚かれた。二人は、それぞれもう少し小型の病院にいたが、「部長回診」というのがあって、何日の何時とあらかじめ決まっていて、ベッドの上に正座せんばかりの雰囲気で待つ。すると部長先生が、お供をぞろぞろひき連れてやって来る。

「ええっ、そんなもの全然なかったよ」

こっちの方が驚いた。手術後の絶対安静のとき以外は、あっちにふらふらこっちにふらふら、回診を何度すっぽかしたかわからない私など、それらの病院だったら、放り出されてもしかたなかったかも。

私のいる病院の医師は皆、へんな虚勢を張らないというか、患者に「様」付けする慇《いん》懃《ぎん》さのない代わり、患者を下におく接し方もない。

売店で、それがお昼ご飯なのか、ビニールにくるまれた三角サンドと紙パックの牛乳を持って、レジに並んでいたりすると、

(同じ人間なんだ)

と嬉しい(?)し、エレベーターを降りるとき「開」ボタンを押し、患者を先に通すのが習慣になっているのには、感動である。

そんなとき、どっこも悪くない見舞客が、医師の鼻先をかすめ過ぎたりすると、私の方が腹を立て、

(あなたね、礼くらい言いなさい。先生が心配りをしているのに、代わって押すくらいの気づかいはないわけ?)

と叱りつけたくなる。

上は白衣にネクタイだが、下はスニーカーという先生も多く、フットワークのよさを示すような。エレベーターが遅いので、階段を使うこともあるようだ。白衣の裾《すそ》をひるがえし駆け上がってきて、上から来る私に気づくと、知らない医師でも、会釈なり笑みなりを返す。個々人の性格もあるだろうけど、それだけでは説明しきれない。やはり、病院全体の方針とか、指導教育も大きいのではないかしら。

これが、言いたくないが、でも言ってしまうと、前年の九月にかかった大学病院ときたら。検査のために私は何回か階段を昇り降りしたけれど、すれ違うどの医師も、挨拶を返した人はいなかった。狭い階段で、しかも他に誰もいないところですれ違うのだか

ら、人間の自然として、何らかの反応をしない方が難しくないかと思うけれど。

私は基本的に、医師は正しく診断、処置を施すのが何よりだと考えるので、フレンドシップは求めない。でも、社会人としてごくふつうのコミュニケーション能力、人に対する態度みたいなものは、必要ではなかろうか。患者と「いい関係を築くため」までいかなくても、単に業務をこなす上で。

しかも、その病院は近い過去に、医療ミスが新聞で報じられたばかりなのである。信頼回復を図るため、たとえ本来の自分の行動パターンになくとも、ていねいに接しようと、ふつう以上に努力するのが、組織としての危機意識ってものだろう。

そもそもその病院では、総合受付、科の受付と、働く人があまりに不機嫌そうなのに、度肝を抜かれた。私の診察にあたった医師は、若くてまだすれていないせいか、おっとりしていたけれど、その先生を除いては、誰も、一語でも余計に発したくないかのようなのだ。

そりゃあ、受付だって、来る日も来る日もさばききれないくらいの患者が詰めかけ、わけのわからぬことを言われて、同じことを何べんも説明するのは、うんざりもしよう。が、どのみち、一日八時間だかへばりついていなければならない職場なのだ。

（ちょっとは機嫌よくしていた方が、患者に対してどうこうでなく、自分として楽なんじゃないの？）

と思うほど。そんな対応が続くと、つい、

(こちらは、あの事件を忘れてはいないよ)

と喉から出そうになる。

言いたくないが、と前置きしつつ、つい長くなったが、患者と病院との関係は、そんなところから悪循環に陥っていくのだろう。

二度しか行かなかった病院だから、それをもってすべてを断じることはできないが、ポリープをどこかで切らなければならないとわかったとき、とっさに、

(あそこでは、切りたくない)

と拒否感がわいたのは、そのためだ。基本的な信頼感を抱くことができないので、仮に何かあったとき、それがポリープ切除には一定の確率で付きものの危険だったとしても、疑念と後悔とが拭い去れないだろうと思った。

名医事典や病院ランキングでは、そういうことが、どこまでわかるのだろうか。

入院生活はこんなふう

三週間以上にわたる入院なので、週ごとにテーマを決めることにした。

今週は「適応」ウィーク。入院生活にすみやかに慣れ、手術に向けて、心身ともにベストの状態に整えるのが目標だ。

手術は月曜の朝一という。それからいっても、週ごとのテーマ設定というのは、きりがいい。

六時起床にはすぐ慣れた。アラームなしで、ぱっちり目がさめる。なんたって九時就寝だから。人間、早く寝れば、早く起きられるもの。健康的である。

入院患者にとっていちばんの関心事は、食事だろう。一日の流れを作るリズムともなる。

ましてや腸を切る私は、手術後はしばらく食べられないだろうから、

「手術までにあと何食か」

というカウントダウン状態に入っている。

食事前二十分くらいから、お茶が配られはじめる。草花を愛する勤続四半世紀（と勝手に決めている）の女性が、病室のドアをノックする代わり、「とん、とん」と口で言い、

「お茶にいたしましょう」

バレリーナのような優雅な身のこなしで、金色のやかんを下げて入ってくる。ほんと、この人の「癒し効果」って大だわ。

やがて、配膳車が回ってくるのだが、廊下の角を曲がるときの、かそけき振動音さえ、逃さず聞きつける。

トレーに載せて、ベッドまで運ばれてくる。家にいるときは、自分で台所に立たない限り、忽然《こつぜん》と食事が現れるなんて、絶対にあり得ない私は、

「上げ膳据え膳って、こういうことかしら」

と、ありがたくも、もったいない。それだけで入院したかいがある。家の食事の方がご飯も玄米だったりと、「健康的」な気もするけれど、まあ、プロの栄養士さんが付いていることだし。

「一日に必要なカロリーがちゃんと計算されているのだから」

と、どんぶり飯をそのつど頑張ってたいらげていたが、応接セット横の体重計に、何の気なしに乗ってみたら、入院後たった四食で一キロも太っていた。このままでは、どうなるんでしょう。

配膳の若い女性に、そう話すと、

「そりゃもう、手術前にうんと食べといて、切ってくれる先生に、センセ、脂肪もついでに取ってねってお願いするんですよ」

と耳うちされた。ほんとうか？

暇さえみつけては、館内をふらついている私なので、病室にはいないくせに、売店の前なんかで、主治医とバッタリ会ったりする。向こうはまさに、自動販売機から煙草を取り出しているところで、

（あっ、医者の不養生を地でいってる）

と目ざとくチェックしたりする。

「すみません、いつも出歩いていて」

と詫びると、

一日の流れ

6：00 ∫	起床	この間に看護師さんが来て体温、血圧を測る＋ 「今日の予定」の紙を渡されることも ＊1Fの売店は7:00〜。新聞を買いにいく。ついでに「庭」を一周し朝の空気を吸ったり、自動販売機でコーヒーを買ってきたり
7：30頃	お茶	
8：00 ∫	朝食	この間に回診があること多し
9：00 ∫		この間にベッドメイク、シーツ取り替え by看護師さんチーム＝私は室外に出ている この間にゴミ回収、掃除　by業者
10：00 ∫	午前の部の検査	＊洗濯するなら検査後が狙い目
	お茶	
12：00	昼食	
13：00 ∫	午後の部の検査	＊入浴するなら検査後が狙い目（〜16:30） ＊ここで洗濯してもいい
17：00 ∫		この間に回診があること多し
	お茶	＊B1の本屋は〜18:00。回診が済んだら急げ！　1Fの売店は〜21:00なのでこちらは余裕
18：00	夕食	＊NHKの夜7時のニュースのヘッドラインだけ見て「世の中」の動きをチェックすることが多し。テレビの視聴は原則としてそのときだけ
20：00 ∫	面会終了（14:30〜）	この間に看護師さんが来て体温、血圧を測る＋ 「明日の予定」の紙を渡されることも
21：00 ∫	就寝　健康的！	＊手術後はこれに「点滴」が加わり、その開始時刻と終了時刻が一日の流れを大きく左右

「今のうちですから、好きなもの食べといて下さい」

と脅しとも許可ともつかぬことを言われてしまった。えっ、でも、ということは、いいわけ？　病院の食事以外のものを食べても。

私は味にうといし、食事を作らなくてすむだけで御の字だから、出されたものをおとなしく食べているけれど、給湯室のゴミ入れから推察するに、結構、買い食い組や差し入れ組がいるみたい。グルメな惣菜をいっぱい売っていそうな、明治屋のある広尾プラザや、恵比寿のガーデンプレイスも近いものな。そういう逸脱者が出ることは、じゅうぶんあり得る。

誰かオーブントースターで焼いたらしく、給湯室付近に、塩サバの匂いが漂っていたときもある。

まじめ人間の私は、あくまでも病院の食事で通したが、ふりかけは、下の売店から買ってきて、物入れの中に常備した。それと、みそ汁は舌がやけどするくらい熱いのが好きなので、毎回、お椀を捧げ持ち、電子レンジで温めにいっていた。

給湯室では、付き添いの家族によく会うが、個室フロアーの十一階は高齢の人が多いらしく、もっとも若い私は、

「あなたも入院なさってるの？　悪いところがありそうには、全然見えないのにね」

と、よく声をかけられた。

「そうなんです、そこががんの怖さで」

ある日のメニュー

（朝）　食パン（温めてあるbut 焼いてはいない）、ジャム、
ピーマン・ニンジン・玉ネギ・ソーセージのソテー、
キャベツとツナの和え物、ほうれん草と卵のスープ、牛乳

（昼）　ご飯、豆腐にキャベツ・ニンジン・ネギのあんかけ、
ツナと高菜の和え物、キュウリと大根の和え物、リンゴ

（夜）　ご飯、白身魚のアーモンド揚げ、ほうれん草のおひたし、
大根・ニンジン・桜エビの和え物、ネギのすまし汁

＊一日で計約2000キロカロリーになるように作られているそうです

とも言えず、

「そうなんですよ」

と笑うにとどめていた。

手術前は、検査が主な目的である。

入院前の説明で、「深達度」なる用語さえ初耳だった私は、先生の言うことがあまりちんぷんかんぷんでもいかんだろうと、大腸がんの本を、下で買ってきて、検査の合間に「勉強」をすることにした。

他のジャンルの本は、いまひとつ集中できないのに、さすが、がんの本は、すごい勢いで、頭に入る入る。今の私の「知りたい欲求」にじかに応えるものだからだろう。

手術後の五年生存率などという数字も見てしまい、

「いや、まだ早過ぎる」

と慌てて、ページを変える。

どの段階で、どのくらい知るべきか、自分に対する情報操作が必要だ。

しかし、ポリープと言われたクリニックの帰り、立ち読みしたときは、がんである確率にさえ動揺したのに、いまやがんであることはほぼ一〇〇パーセントで、しかも早期の段階は過ぎていて、進行がんであるのを前提に、ページをめくっているのだから、慣れとはたいしたものである。

現在の関心事は、転移がすでにあるかどうかだ。特にリンパ節転移の有無は、手術後治癒率に影響すると、主治医の話にあった。

竹中先生の本も、下で買ってきて、もう一度読む。これは、手術とその直後を知る上で、たいへん参考になる。

手術中、腸管の関係ない部分は、腹腔の外にひっぱり出し、ビニール袋に入れておくという記述に、

(えっ、生ゴミみたい!)

と、びっくりしたり、手術後は、胃液を吸引する管を鼻から入れて、尿も管で取ると知り、

(しばらくは、チューブ人間になるわけか。これはビジュアル的に衝撃がありそうだから、前もって親に言っておいた方がいいな)

とメモ。傍線を引くのは、そういう、具体的というか即物的記述ばかりになった。

「生き方」を中心に読んでいた、がんでない頃の読み方とは、ポイントが全然違うから

面白い。

　男性にとっては、尿管の痛みが、手術後のひとつの試練になるようだ。竹中先生も、いざ自分がその身になってみて、あまりの激痛に、皆が騒いでいたのはこれか！　と悟ると同時に、この痛みがどれほど続くか試してみようじゃないか！　と決めたというくだりには、声を出して笑ってしまった。

　おだやかそうな先生にも、そんな向こうっ気の強さがあるのだと、嬉しくも、頼もしくも感じる。それくらいのファイティングスピリットがなければ、外科なんてできないか。

　私は切る側ではないけれど、そういった「何くそ魂」みたいな、気構えは学びたい。だけれど、闘病の友というべきその本も、あるページから先は、絶対に開かなかった。がんに敗れた、たくさんの同輩たちが出てくるからだ。その中には、竹中先生と前後して大腸がんの手術を受け、再発し、亡くなった人もいる。

　再発、死、というシナリオは、少なくともこれから手術を受けようとしてる私にとって、けっして認めてはならないものだ。知るのは、竹中先生が手術から生還するまでのプロセスに限って、それ以外のページは、間違ってもめくることのないよう、ガムテープか何かで封印しておきたいほどだった。

　同じ理由で、かつてあれほど勇気を与え、人間存在に対し肯定的な気持ちにした、西川喜作や岩井寛の本は、もっとも遠ざけるべきものとなった。そこに至るまでの生が、どれほどの輝きを見せようと、結末が死に終わるストーリーは、今の私は、受け入れてはならないのだ。

将来あり得る可能性から、目をそむけるつもりはない。が、ものごとには、適した時期というものがある。

繰り返しになるが、今は心身ともによりよい状態で、手術に臨む。それを第一とすべきときなのだ。


転移はなかった?


検査の中には、前もって腸を空っぽにしないといけないものもある。内視鏡検査がそうだ。

私はレントゲン写真の段階で、がんと診断されたから、内視鏡はパスできるのかと思ったが、そうはいかなかった。手術部位を決定するためらしい。

検査は朝の九時から。それに備えて、前日の就寝後からは、絶飲食だ。当然、朝食も抜き。

それればかりではない。準備には腹にものを「入れない」とともに、「出す」という作業もある。これがたいへん。朝の五時から、下剤一八〇〇ミリリットルを飲む。スーパーで売っている、紙パックの牛乳の大が一〇〇〇ミリリットルだから、あれ二本ぶん近くですぞ。

前日の夜、看護師さんがボトルに入ったのを、どん！　と置きにきた。冷蔵庫にて保管し、一回に一五〇〇ミリリットルずつ、十分おきに、二時間かけて飲むそうだ。

「五時に起こしに来ます」

というのを断って、目覚ましをかけることにした。

朦朧《もうろう》としながら、第一回を服用。白い半透明の液体で、味は、スポーツドリンクを濃くして、苦みを加えた感じかなあ。冷やせというのは、変質を防ぐためでなく、そうでもしないと飲みにくいからではないか。紙コップではあんまりなので、グラスもいっしょに霜がつくくらいきんきんに冷やし、

（これは、こういう味のカクテルなんだ。ちょっと変わってるけど、こういう味のカクテルってあるじゃない！）

と（ないけど）自分を錯覚に陥らせて、喉へ流し込む。これだけ大量に、冷たい物を飲んだら、下剤でなくても下りそう。

十分刻みだと、眠るわけにいかず、ベッドの上で正座したまま半睡半醒。どの回のぶんまで飲んだかわからなくなりそうなので、紙にチェックしていった。

途中、六時頃から、窓の外が白々と明けてくる。

後半は、薬が効きはじめ、便器に腰掛けて、上から下剤をあおりながら……という、開き直るしかないような図になってしまった。

ＣＴと腹部エコーは、絶飲食をともなうけれど、「出す」作業はないので、楽。こち

らは、肝臓への転移を中心に調べるという。大腸がんの場合、もっとも転移しやすいのは肝臓、次いで肺、脳（！）だそうだ。

エコーの終わったとき、医師（技師？）が、

「はいお疲れさま。異常ありません」

と言ったので、仰向けに寝ていた私は、思わず首をもたげ、

「あの、大腸がんなんですけど、肝臓にも異常なかったでしょうか？」

と聞いてしまった。

「超音波で見られる範囲では、ありません」

とのこと。

よかった！　ポリープがみつかってから、初の、そして特大級の朗報だ。

嬉しさのあまり、昼間っから風呂に入ってしまった。検査からの帰りがけ、浴室が空いているのを確かめ、湯のせんを勢いよくひねって、ドアの札を「入浴中」にひっくり返す。ためている間に部屋に戻って、石鹸やタオルの仕度。浴室にとって返す私は、宙に浮かんばかりの足取りだったのではないかしら。

エコーの検査で腹に塗った薬を洗い流して、湯につかる。すっきりした。

残る関門は、リンパ節への転移の有無だ。これは、手術してみてからのこと。

夕方、担当医と若先生の二人組が、にこにこしながら、部屋に入ってきた。

「よかったね、どこにも飛んでなくて」

検査の結果を言っているのだ。医師が喜んでくれているのが、二重に嬉しい。私もにこにこ顔になり、

「あとは、リンパ節の転移ですね」

と言うと、

「それもなかったですよ」

「えっ、それもわかるんですか」

これは、めっけもの！　拳《こぶし》をひきつけ、ガッツポーズをしたいくらいだ。

他臓器だけでなく、リンパ節の転移についても、CTとエコーでわかるらしい。そう聞くだけで、気持ちの上の治癒率は、二〇パーセントくらいアップする。

「あと、開けてみないとわからないことって何でしょう？」

と尋ねると、

「開けてみないと、というよりも、取ってから、ですね」

手術後に、切除した組織の一部を顕微鏡で調べる、病理検査のことである。

それでわかるのは、目に見えない微細な転移があるかどうか、がんの性質、深達度。

（そうか）

少しがっかりする。転移が「ない」というのは、あくまでも「目に見えるものは」との条件付きなのだ。それ以下の小さなものは、すでにあちこち飛んでいることもあり得る。

でも、大きなものがなかっただけでも、じゅうぶんによしとしなければ。

あとは手術後、目に見えない転移があったなら、そのときはそのときで、あったなりの生き方を考える他はない。そう割り切ると、胸が軽くなった。

人生の大事と小事

検査の他にも、手術前にすることは結構多い。「全身麻酔で手術を受けられる方へ」と題する、詳細なる注意書き兼準備リストをもらってから、にわかにまた慌ただしくなった。

まず、揃えるべき物がある。パジャマとは別に、ゆかたか、上から下まで開くネグリジェ。体にいろいろと処置をするためだろう。T字帯。ひらたく言えば、フンドシですね。これも、尿管を装着するためと思われる。

手術の後しばらくは、ほんとうに全身を人の手にゆだねることになるのだな、という実感がわいてくる。

腹帯。私は「ハラオビ、ハラオビ」と読んでいたが、正しくはフクタイで、手術後の傷を保護するためのものらしい。

その他、汚れ物が出るのでバスタオルやタオルも多めに。なんか、出産でもするみたいだ。

足りないものは、下の売店まで、何回かに分けて買いにいった。再び、リストを消していく日々である。

事前に練習しておくこともある。腹式呼吸、痰の出し方、うがいの仕方、寝返りや起き上がるといった体の動かし方。

痰というのは、麻酔の影響で出やすくなるが、手術後の「傷を持つ身」には、咳は激痛となるので、腹筋を使わず、喉だけで痰を出す仕方を学ぶ。腹を両手で押さえ、顎を引き、下顎を下げたまま、咳をするのだ。

「まねてみて下さい、はい、エヘッ、エヘッ」

「エヘッ、エヘッ」

ベテラン看護師さんの指導のもと、練習する。

腹式呼吸は、人工呼吸器をはずした後、呼吸機能が早く回復するように、あらかじめ習得しておくらしい。トレーニング用グッズもあり、メガホンのようなプラスチックの筒型の笛を、看護師さんから渡される。先の方に、膜が張ってあり、この膜を震わせ、音を出すことができたら合格だそうだ。

クリップで鼻をつまみ、メガホン上部のマウスピースを唇でしっかとおおい、力いっぱい息を吹き込むと、やっとのことで、「フー」と、アコーディオンのキーを間違ってさわったような、気の抜けた音がする。これを、一回数分、一日五回以上。

暇をみつけては、ベッドの上に正座して、

「フー、フー」

と鳴らしていた。知らない人が見たらがん手術の前とは思わない姿だろう。

手術の前々日からは、トイレのたびごと採尿（すべての尿を、水に流さずコップに取って、貯める）をしないといけないし、前日は入浴、洗髪、それに剃毛がある。しばらくは伸び放題になるだろうから、眉も整えておきたいし、腹の皮がひと続きのうちにストレッチもしておきたい……あっ、バスタオルも、前日じゅうに洗って、乾燥までしておかないと。

頭の中に列挙していくと、たちまちいっぱいになるほど、することが多い。

前日の午後からは、早くも下剤をかけはじめるから、欲をいえばその前に、シャバの空気をぞんぶんに吸って、せっかく広尾にいるんだから、どこかお店でお昼でも食べ、当分は飲めないであろうコーヒーもたんと味わっておきたい。が、それには前もって外出許可が……無理か－？

入浴のように、時間帯の決まっているものもあるから、紙を広げて、私の大好きな計画を立てる。すると、ほとんど分刻みのスケジュールになるとわかった。その間に「笛」の練習もあるし。

ストレッチというのは、私は、長時間同じ姿勢を続けていると腰痛になるからで、手術にあたって、実はいちばん心配なのは、転移よりも、そのことなのである。

術後二日間は、安静という。二日間ずっとあおむけに寝たきりに、私の腰が耐えられるかどうか。「痛みについては、お手伝いしますから」と看護師さんは言ってくれるが、その痛みには「腰痛」も入っているか？

せめて、今ある腰痛は、手術まで持ち越さないようにと、暇さえあれば、ねじったり反らせたりしているが。

あと、くだらないことだけれど、私はくつ下をはかないで寝ると、必ずといっていいほど風邪をひくのだ。手術室へは、手術衣の下にはパンツ一枚つけてもいけないというから、雑菌だらけのくつ下なんて、論外だろうけど、部屋に戻ってきたら、誰かはかせてくれるかしら？　わかるように、出しておかないと。

ああ、しかもしかも、この一世一代の手術というときに、折悪しくも女性ならではの月にいっぺんのできごとに、ちょうど当たりそうなのである。こういう状況だとふつう、精神的ショックや環境の変化などで、乱れるとか、一回抜きとかになりそうなのに、寸分のくるいもなく二十八日周期を保てる私って「健康」なのか何なのか。ま、患者の半分は女性なのだから、そういうケースもままあるでしょうと、お任せするしかないとして。

生死に関わる一大事のただ中なのに、それにふさわしくないくらい具体的なことごとで、時が過ぎていく。

それもまた、人生のひとつのありようだろう。

生きるとは、思いもよらぬ局面を、次々と人に提示し、大きな問いを投げかけてくる一方で、それと対極にある些事の連続でもある。

そして、人生がそういうものであること、そういう成り立ちをしていることに、この間の私は、どれほど救われているかわからない。告知以来、さかのぼって、切らなければならないと知った日からも。

がんという未知のものへの不安は、胸の奥にずっとあるし、これからも消せるものではないだろう。が、風呂に入る、くつ下をどうするといった、小さな目標なり課題なりを設定し、それに向かっているときは、私は、ある意味で、不安を「克服」しているのだ。

その方法は、手術後も、再発の不安と共存するための、一貫した態度となるのだが、意識的にそうしはじめるのは、もう少し先のことである。

説明と同意

手術に先立って、麻酔科の医師が、当日することについて、病室に説明に来た。

小柄ながら、太くしっかりとした眉が印象的な、三十代前半とおぼしき若い医師だった。

それはとても詳細にわたり、手術衣に着替え、朝八時半にストレッチャーにて病室を出て、手術室のあるフロアーへ移動するところからはじまっていた。

心電図の機械や血圧計をつけた後、術中、術後のための硬膜外麻酔を注射する。この針を刺すときが、手術の全プロセス中もっともつらかったという患者がいるが、あまり痛ければ、皮膚の麻酔で対応できるので、申し出るようにとのこと。次いで、全身麻酔を点滴で入れ、麻酔がかかったあとに、人工呼吸のチューブを気管に挿入する。そこまでが準備。

手術中は、彼ともうひとりの麻酔医の二人が付きっきりで、血圧、酸素の状態などを管理する。

手術後は、手術室の隣のリカバリー室に移り、血圧、酸素の状態などを、三十分近くかけて詳しく調べた後、病室へ戻る。

手術後に残るかもしれない痛みやしびれについても、説明があった。麻酔や人工呼吸器の装着によるもので、異常ではないと。

麻酔そのもののリスクについても、言及された。麻酔により死亡することがあり、統計上は、五万人から十万人にひとりである、と。

医師の去った後、「はー」と、溜め息が出た。感心するような、あっけにとられるような。

これが、「説明義務」というものか。三十分にわたる説明だ。

昨今の流れとは聞いていたが、麻酔で死ぬ確率まで告げるあたり、聞きしにまさる徹底ぶりである。

五万人にひとりと言われれば、中には、「そんなことまで告げてほしくない」と思う人もいるかもしれない。が、五万人にひとりと聞けば、四万九千九百九十九人に自分は入ると考える私にとっては、当日の段取りや、あり得る痛みなどを、前もってインフォームしてくれる方が、大きな安心だ。でなければ、医師の一挙手一投足にびくついて、微細な違和感にも、「もしかして、何かのミスでは」と脅えたかもしれない。

手術前には、もうひとつ、主治医からの説明がある。手術の同意の前提となるものだ。こちらはあらかじめ日を定め、父が同席できるようにした。考えてみれば、父はまだ主治医と会っていないのだ。

手術となれば、ほんの小さな確率ではあろうけど、死ぬことだってなくはない。執刀ミスでなくても、それこそ麻酔が合わなかったということもあり得る。

そのときに、父に後悔が残らないように。これからの彼の人生を、娘を殺されたのではという疑念と恨みとに苦しめられて送ることが、間違ってもないように。

縁あって、この病院で、あの先生に手術してもらうことになったのだ。必ずしもありとあらゆる情報の中から選択したわけではないけれど、これは、私の意志なのだ。

腕のいい医師に切ってもらいたいとは、誰もが望むことだろうが、医師ひとりひとりの技術までは、私たちにはわからない。最終的には、信頼して任せようと思えるかどうかに、かかってくる。

そして、ひとたび任せたからは、万が一の結果になっても、受け止める他はない。これが、この時点での、私にとっての、また執刀医にとってのベストだったのだ、と。その納得感については、父にも共有してもらいたい。

そのためには、主治医と会い、人格にじかに接するのがいちばんだろう。「私の選んだ人をみて下さい」というと結婚相手の紹介のようで何だが、私がああだこうだ言うより、早くて、かつ確かである。手術前の説明は、そのいい機会だ。

病室に父といると、ナースコールのマイクを通して呼ばれ、ナースステーションに隣接する「相談室」なるところに行った。

説明は、麻酔医のときと同じく、詳細なものだった。まずは、手術後の治癒率から。初診のときと同じ図を再び描きながら、話していく。

治癒率は、深達度とリンパ節転移の二つで決まってくること。いずれも、病理検査の結果を待たなければならないこと。深達度は、開腹して肉眼で見てもわからないことがあるし、転移についても一センチ以上のものでないと、CT、エコーには写らないそうだ。

すると、先日の検査でも、一センチに少し欠けるくらいのサイズのが、写らなかっただけで、すでに飛んでいる可能性もあるわけか。「目に見えるものはなかった」という、そのときの私の理解より、状況はやや厳しくなった感がある。

「ここまではいいですか？　理解できましたか？」

途中途中で、私たちに確かめながら、進めていく。

今回の手術について。まず、腸管のがんのあるところにつながるリンパ節と血管を切ってから、がんの前後二十センチの腸管を切除し、縫合する。麻酔のとき同様、縫合不全から、死に至るリスクにも言及された。

そして、手術当日と、その後のスケジュールについてである。そこまでで、およそ三十分。

以上がすんで、手術承諾書、輸血に関する同意書に署名の段取りとなる。

「理解できましたか？」

の問いかけに、はじめ父は、

「何もわかりませんので、先生にすべてお任せいたします」

と答えていた。父は「よらしむべし知らしむべからず」の医療を受けていた世代だから、

(それが医師の前で、患者としてとるべき態度だと思っているのだな)

と、私は察した。が、父もこれが、新聞などでよくいわれる「説明と同意」だと気づいたらしい。

態度を改めて、署名をしてから、

「それにしても、こういう時代ですから、先生がたもたいへんですねえ」

と、当事者であることを思わず忘れたかのごとく、感に堪えないような声を出した。

「いや、患者さんの方がつらいんじゃないかと思うときがありますね。ありのままを全部、知らなくてはならないわけですから」

と主治医も、めずらしく、医師の「胸の内」的なことを言ってから、

「ま、多少はイロをつける場合もありますがね」

ショックをやわらげるように、事実そのままでなく、多少ニュアンスを加えるということだろうけれど、「イロをつける」という表現がおかしくて、父も私もついふき出してしまった。父を主治医に会わせる目論見《もくろみ》が成功したてごたえのようなものを得た私は、誰よりも大きな声で笑っていただろう。

私にとっての「説明と同意」は、そんなふうに締めくくられた。

私は助かったのか？

手術後の説明書

振動が伝わってくる。ストレッチャーが、頭の方へ進みはじめている。リカバリー室を出たのか。

速度には、緩急がある。意識が遠のいたり、近づいたりするせいかもしれない。麻酔が残っているらしく、知覚はまだ、じゅうぶんでない。

ドアが開き、また閉じる。

何度めかに曲がり、止まったところで、人々に両側を囲まれ、ひときわ揺れて、

(あ、病室に戻ってきたのだ、今まさにベッドに移されるのだ)

とわかった。身のまわりの管が、慌ただしく整えられる気配。

父が、右の足もとの方から訊いている。

「枕はそれで高すぎない？　クッションの方にする？」

声にはどこか、懸命さがある。これからまる一日、ベッド上で安静だから、枕を調節

するなら今だ、というつもりなのだろう。

何らかの返事をしようと思うけど、喉の脹れに阻まれ、声が出ない。そもそも身体感覚のまだ戻っていない私は、あてがわれたものが高すぎるか低すぎるかの判断が、できないのだ。

が、そう答えるには、私はあまりに眠く、疲れていて、ただただ億劫《おっくう》である。

「きれいに取れましたって！」

父がベッドの左側に回り込み、一枚の紙をかざしながら、呼びかけている。

「予定より長かったのは、虫垂が結腸にくっついていたから、それを取るぶんだけ、時間がよけいかかったからですって！」

手術後の、医師からの説明だろう。

(妙なところに、力点を置くなあ)

父の声を、遠くに聞きながら、思っていた。麻酔で眠っていた私は、手術の間、時の経過を感じることはない。予定と比べることのできるのは、手術を受けた当人以外の人であって、そこのところに混同があるな、と。

が、続く父の言葉は、朦朧とした中でも、私をどきりとさせるものだった。

「検査の結果、もしもがんが残っていても、放射線で治療しますから、だいじょうぶですって！」

(えっ)

と、問い返したい思い。

(放射線?)

はじめて出る語である。診察でも、手術前の説明でも、一度も医師の口から、発せられたことはない。

手術の後、急にその可能性が示唆されたのは、開腹して、予想とは異なる事態が、生じていたからではあるまいか。放射線による追加治療が、検討に上るほどの。それって、「だいじょうぶ」っていう?

そもそも、虫垂からしてが、初耳である。「くっついていた」って、どういうこと?

がんはS状結腸内にとどまらず、虫垂へも広がっていたのだろうか。

あれこれが、頭の中を駆けめぐったが、それ以上、思考が続かず、眠りに落ちた。

その日の記憶は、とぎれとぎれにしかない。うつらうつらしながら感じていたのは、熱っぽさ、全身が消耗しきったようなだるさ、むかつき、それと、酸素吸入器の煩わしさ。厚みのあるビニールマスクのようなものが鼻と口をおおっていて、かえって息の妨げになりそうに感じる。無意識のうちに、自分が外してしまうことを、私はおそれた。

夕方か、夜か、暗くなってから気がつくと、マスクはいつの間にか、鼻の穴のふちに掛けるような管に代わっていた。

鼻には、胃管も見える。唾を飲むと、喉の粘膜に、管がさわる。腕には点滴、指先には、酸素量を測るためのクリップのようなものが取り付けられている。なるほど、チューブだらけである。

背中には、硬膜外麻酔の針も、刺したままになっているはずだ。竹中先生が悩まされたという導尿管は、違和感をおぼえる程度である。

夜中も、ほとんど一時間おきではと思われるくらい、看護師が来て、血圧、酸素量、体温をチェックしていた。

夜中のあるところで、痛みを覚えて、目が覚めた。

手術創《しゅじゅつそう》が、そのものが熱を持っているように、ずきんずきんと脈打っている気がする。それと、肩、背中、腰にかけてのこわばり。無意識のうちに、傷をかばおうと緊張するせいか、上半身全体が、筋肉痛になっていた。

それからは、寝つけなくなってしまった。

看護師さんが、次に来たときそう言うと、傷の方は、点滴で抗生剤を入れているので、少なくとも化膿はしていないそうだ。血圧が一時下がり過ぎたため、硬膜外麻酔を中断したが、痛み止めは点滴からも入れている。筋肉痛も、それによって、ある程度、軽減できる。

が、むやみに量を増やすわけにはいかないという。

手術日を含めて二日間は、熱と痛みに耐えるのみで、先々のことを考える余力もなかった。生理なんて、来たのか来なかったのかも、わからない。排尿さえも、すべて人任せだったから。

のちに看護師さんから聞いたところでは、半分、瞼を閉じたまま、

「こういう手術は、一生に二度は、耐えられないかもしれない」

と語ったそうである。

「えーっ、私、そんな弱々しい台詞《せりふ》を吐いてたんですか」

と、自分らしからぬ内容と、それを言ったことすらもまったく覚えていないのに驚いたが、そのときは本心だったのだろう。日頃、痛い思いをすることなんてないから、耐性がないのだ。

三日めになると、ようやっと、人心地つく。胃管も導尿管も、背中からの管も、なくなった。排尿のための筋肉に、まだうまく力が入らず、夜中には再び、導尿管の世話になってしまったが。

点滴は、まだ、つながったままである。

自分で着替えたか、着替えさせてもらったか、わからなかったが、この日はもう、手術衣にT字帯といういでたちではなく、前開きのネグリジェとパンツに変わっていた。腰巻き、フンドシ世代でない私は、やはり、パンツにすっぽりと下半身をおおわれてこそ、人心地つくというか、すべての立ち居ふるまいのベースとなる感がある。

この日より、歩行開始。手術日はベッド上安静、二日めはベッドの上で寝返り励行、そして三日めから、ベッドを離れて歩くようにと言われている。事前に練習しておいた、寝返りの打ち方、体の起こし方が、ここで試される。

寝返りは、たとえば右を向くならば、あおむけのまま、まず水平に左へ尻をずらす。ベッドの右側の柵を、両腕でつかみ、腕に胸をひきつけるようにして、体を返す。とにかく、腹の皮をよじらないこと、一枚の板のようにまっすぐに保つことが、だいじらしい。

立ち上がるのは、寝返りの応用編といおうか。腹に手をあてがい、保護する。スイッチ操作により、ベッドの上半身を起こす。寝返りを打つ方法で、体をベッドから下りたい側、右ならば右向きにする。右側へ足を下ろす。柵を支えに、上半身をベッドから離す。

腹筋を使って、ひょいと起き上がるなんぞは、ご法度《はっと》である。

いずれにしろ、腕の力によるところ大で、この日から、肩、背中、腰の痛みに、二の腕の筋肉痛も、新たに加わった。

くつをはく前にまず、くつ下をはく。

ちなみに、手術前に心配していたくつ下問題は、

「手術後は、シーツの下に電気マットを入れて、足もとを中心に温めるので、だいじょうぶです」

という看護師さんのひとことで解決し、ベッド上では、ずっとはだしだった。

くつ下とパンツと出揃ってようやく、安静期間を脱した実感がわいてくる。

が、めまいとふらつき、むかつきで、午前中は、身を起こしては、ベッドへ逆戻り、

の繰り返しで過ぎてしまった。

午後、少しおさまったところで、気になっていた手術後の説明書を、テレビ台下の物入れから取り出してみる。父が残していったものだ。

三人の先生のうち、四十代の担当医の署名がある。

切除した部位の図。その下に、

「S状結腸がん、虫垂浸潤」

「虫垂がん、S状結腸浸潤」

と並べて書かれ、

「虫垂がん、S状結腸浸潤」

の方に丸がついている。二つのケースが考えられ、後者と判断した、ということか。

「浸潤」という語は、がんになってから読んだ本に出ていた。原発の臓器をはみ出して、隣の臓器にも、広がっていることである。離れた臓器にできたものは、遠隔転移だが、隣接したところのは、「転移」ではなく「浸潤」と言うそうだ。

私のがんは、S状結腸ではなく、虫垂にできたものだったらしい。

S状結腸に及ぶには、もとの臓器の壁を、破っていなければならない。

それは、主治医が、手術前の説明のとき、図で示した、深達度の四段階のうち、いちばん右にあたる。手術治癒率、二五パーセントの段階に。

術前診断は、左から二ばんめだった。開腹の結果、予想より二段階も、進行していたことになる。

　術後の説明書には、さらに、

「顕微鏡（病理）的がん遺残→放射線の可能性」

　とあった。病理検査の結果、周辺組織にがん細胞が認められたら、放射線をかける可能性もある、ということか。

　放射線って、あの、髪の毛が抜けるとかいう……いや、それは、化学療法だったかな。これまで、手術しか頭になかったので、それ以外の治療法については、ほとんど無知だ。

　いずれにしろ、状況は、厳しそうである。

　父の伝え方は、なかなか簡にして要を得ていたことも、わかった。が、どちらかというと、記述的な理解であって、「評価」は入っていなかったように思われる。

　父は、この説明を、どのように受け止めているのだろう。虫垂が「くっついていた」という形態上の報告を、進行度の悪化と、結びつけているだろうか。そこまでの、がんに関する知識は、ないはずだが。

　あの人の考えは、よくわからない。

　手術後の私への呼びかけの中で、「時間」の問題に、父が多くの言葉を費やしたわけは、のちに知った。

　手術そのものは、二時間くらいと聞いていた父は、その時間になったら呼び出しがあるものと思い込み、病室で待っていた。

が、電話は鳴らない。館内放送もかからず、しんとしている。

もしかしたら、開けてみると数えきれないほどの転移があって、切除に手間取っているのでは。あるいは、何か、急変が？　悪い方の想像ばかりふくらむ。

二時間半が過ぎ、ナースコールのマイクを通して呼ばれたときは、椅子から立とうにも、膝に力が入らず、へなへなと床に崩れ落ちた。

「家内が亡くなったとき、病院から、息を引き取ったという知らせを受けて、人間、膝が抜けるというのは、こういうことかと思いましたが、それと同じ状態になりました」

手術から半年以上経ち、人に語るのを、かたわらで聞いていた私は、目を丸くした。

（そんなことがあったわけ？）

父も私に似て（？）、動揺が顔に出ないタイプなので、知らなかった。

手術前は、

「待っている間、ずっと病室にいないといけないかな。外出したりするわけにはいかないでしょうね？」

と尋ねられ、

「さあ、ナースステーションに断って、喫茶店くらい行ってもいいんじゃない？」

と答えつつ、内心、

（麻酔で寝ている間のことまで面倒見切れん。自分で判断してくれ）

とふてくされていた。入院前同様、

（事態の深刻さを、どれほどわかっているのか？）

と、疑問に思ったりもした。深刻になられても、困ることは困るから、そうならぬよう仕向けたのは自分だけれど、あまりに功を奏しても、何かしら物足りないような。

が、やはり親といおうか、実のところ、喫茶店どころではなかったようである。いや、私に似た性格なら、二時間になる前は、コーヒーくらい飲みに行ったかもしれないな。「〜どころではない」ことをするのが、私の得意技だから。

話を戻せば、父にとっては、予定時間の超過が、心配をかきたてる原因だったから、手術から戻ってきた私についても、いちばんにそれを取り除かねばならないと考えたのだろう。私が、麻酔からさめてすぐ、経過時間を確かめたと思ったかもしれない。

だから、予定よりも長かった理由にポイントをおき、説明した。虫垂がくっついていたからで、転移があったからではない、と言わんとしたのだろう。

隣の臓器への広がりは、たしかに「転移」と呼ばないようではあるけれど。

意外な可能性

午後、いよいよめまいがおさまったら、歩行開始。

今の私は、立って見下ろすと、自分のつま先が見えないほど、腹がせり出している。傷の保護のため、下腹部全体に、座布団ほどの厚さに重ねた特大のガーゼを当てて、その上を腹帯でぐるぐる巻きにしてあるのだ。胴回りが、倍くらいになった感じがする。

この寝てもさめてもつけている、やわらかなコルセットとでもいうべきものの圧迫感が、筋肉痛を倍加していることは、否めない。

　Lサイズのネグリジェのボタンが、はちきれそうな腹を抱え、点滴台を転がしながら、えっちらおっちらフロアーを一周して帰ってきて、ベッドのはしに腰掛け、久々に稽古をつけた相撲取りのように、

「ふーっ」

と、そっくり返って、息をついていると、例によって主治医が風のように現れた。

「いつ頃から痛むようになったか、先生からネホリハホリ訊かれませんでしたか？」

と、四十代の担当医の名を挙げた。そう、そもそも何で注腸造影を受けるに至ったかを、手術後に、もういっぺん質問されていたのである。

「虫垂が、S状結腸に突き刺さっていたんです」

と主治医。「くっついていた」とは、そのことか。

次いで、意外なことを、先生は述べた。

「ほんの数パーセントですけれど、がんでない可能性もあるんです」

がんではなく、虫垂炎により、癒着を起こしたこともあり得る、と。

(なるほど)

と、一年前からの出来事が、突然、ひと続きになった。痛くなった経緯を、担当医に繰り返し訊かれたわけも。

　この段階のがんが「痛む」というのは、合理的でなく、そのことは一貫して謎だった。注腸造影で異常を認め、切除をすすめたクリニックでも、ただし、このために痛むというのは考えられず、痛みの原因は、別に探さねばならない、と言われていたのだ。

　虫垂炎だったとしたら、すべてに説明がつく。

　しかし、虫垂炎をそんなふうにこじらせるのは、あまりないことだそうだ。もし、それでS状結腸に貫通したなら、学会で報告するほど、めずらしいケースという。

　すなわち、がんでない可能性はあるけれど、確率としては、それだけ低いのだ。

　いずれにしろ、病理検査の結果でわかる、四、五日で出るだろうとのこと。

「はあ」

　ふってわいたような話に、間の抜けた声になった。がんではないかもしれないとはいえ、希望が出てきた、喜ばしい、といった状況でもないらしい。

「自分で選べるわけではないけれど、後者の方が、いいことはいいですね」

　感情を左右されないよう、つとめて第三者的なコメントをすると、

「それはもう、大違いです」

と、「大」に力を込めて、主治医は言った。

(だろうなあ)

がんであれば、どうしたって、予後という問題がつきまとう。再発の不安である。

対して、虫垂炎なら、手術後の再発率はゼロ。深達度の図でいえば、右はしから、左

はしよりさらに左の欄外へと、いっきょに「昇格」するわけだ。

それを思えば、大違いであることはあるが、あまり深々とうなずかれると、

(がんだと、やはり、私の未来は、虫垂炎とは比べものにならないほどシリアスなわけね)

と、少々めげる。わかりきったことではあるけれど。

主治医の去った後、ベッドの上でじっと腕組みし、言われたことを、復習する。

何度考えたところで、同じだった。あの先生のことだから、すべて言葉どおりであって、それ以上でも以下でもないのだろう。がんでない可能性もある、しかし、それは、ほんの数パーセントである……。

でもそれを、今、私に告げる意味って、何だろう。どのみち、病理検査でわかるのに。ひとつ間違えば、危険ではある。人間、誰しも、がんであるより、ない方がいいから、心の振幅の激しい人なら、いくら少ない確率と言われても、がんでない可能性にすがり、救いの梯子《はしご》につかまりかけたところを、また、まっ逆さまに突き落とされるようなことには、ならないか。告知を二度するような、いたずらな動揺を与えかねない。

誰にでも、同じように告げるわけではないかもしれない、私のようすと性格から判断してかもしれないが、それでも、あえてリスクを冒し、この時点で、話す意味って?

(これも「説明義務」というものか)

たしかに、病気に関する説明は本人にと、入院してすぐアンケートのようなものに記

入した。そう書いた以上、知りたいこととそうでないことの選別は、私にはできない。

なるほど、手術前に主治医の言ったように、「ありのままに」は楽でない。

また、こういう面からも、とらえられる。私はがん手術の通常の範囲を、すでに切除しているのだ。検査の結果、虫垂炎だったとしたら、いわば、取らなくてもいいところまで取ったことになる。がんでなかったら、私にとってはラッキー以外の何ものでもないけれど、受け取りようによっては、「誤診」という問題につながりかねないケースだろう。

そのこともあり、とにかく、各時点でわかっていることを逐一告げていくのを、対応の基本としたのではなかろうか。

この件は、そう理解して、胸の中で、片を付けることにした。深達度が上がったり下がったり、何かと忙しい日であった。

あとは、過度な期待をかけぬよう、心の状態に注意しながら、今までどおりたんたんと病理検査の結果を待とう。

ゲンキンなもので、その考えにたどり着くまで、傷の痛みは、まるっきり忘れていた。

回復は「空腹」

四日めからは、ひたすら「歩け歩け」の日々である。手術創が痛むことは痛むが、「痛み止めを打ってでも動く方が、腸の治りが早いんです」

と看護師さんに言われて、発奮する。そういうアドバイスは、とてもためになるし、やる気が出る。

意気込みはさかんなものの、体の状態が、ついていかない。血圧の関係か、午前中はたいてい、めまいとふらつきで、使いものにならず、体温も不安定で、一日のうち何度も上下し、高い間は、ただただベッドにへばりつき、低くなるのを待つほかない。

熱の合間をぬって、フロアーを四周。初のエレベーターに乗り、気持ち悪さに吐きそうになりながらも、下の売店まで二往復もした。前日は、フロアー二周がやっとだったから、長足の進歩である。

点滴台とは常に一心同体。台の下の車を転がしながら進むのだが、フロアーはじゅうたん張りで、滑りが悪く、腕の力をすごく要する。肩、背中、腰、二の腕の筋肉痛に、肘から下の筋のこわばりが、さらに加わった。左右アンバランスになるせいか、脇腹がつりそうになる。

しかし、看護師さんの言うように、腸への効果はてきめんで、ずっと静止状態にあったのが、何やら伸び縮みをはじめたようだ。

「空腹」というものも、久々におぼえた。

飢餓感というほど、差し迫ったものではなく、

(あー、これが「空腹」って感じだったかしらねえ)

と思い出すような。四日めまでは、絶飲食。点滴のみで生きている。五日めも、まだ

飲むことはできず、氷のかけらを口に含むだけと言われているが、意外と、渇きは感じない。

　手術から二日めまでは、寝たきりでもあったし、とにかく、

「息するだけでせいいっぱいです。生かしてもらってるだけでじゅうぶんです」

　くらいの、しおらしい思いでいたが、活動をはじめるに従って、さまざまな欲求やわがままが、早くもわいてきた。

　手術から、五日めには、早くも髪を洗いたくて、たまらなくなってきた。体の方は、蒸しタオルで拭いているものの、頭の方は手術前にシャンプーしたきりだ。

　入院してすぐ、館内をうろついて下調べしておいた、地下一階の美容室に、今こそ行くべき！　でも、このいでたちで現れたら、美容室の人はかなり、ひくかしら。

　朝、回診に来た担当医と若先生に、筋肉痛をしっかり訴え、痛み止めの処方を依頼する一方で、

「午後、美容室で、髪を洗ってもらってきてもいいでしょうか？」

　図々しくも許可を求める。やりとりを聞いていた看護師さんが、

「私でよければ、洗いますよ」

　と申し出てくれて、お願いすることにした。

　フロアーすみの洗面台に向き合う形に腰掛けて、前にかがみ、蛇口の下に頭をつっこむ。

「この季節は、ホント、乾燥しますからねー」

などと言いながら、リズミカルに泡立てる。腹を曲げるかっこうになるので、実はすごく痛いのだが、盛大にこすられるのが、気持ちいい。看護師さんにすれば、しなくてもすむ仕事なのに、機嫌よく付き合ってくれるのが、ありがたい。

部屋に戻り、ドライヤーで乾かすと、生まれ変わったようである。

気をよくして、初の洗顔もする。点滴の腕を濡らさないよう、片腕で。

ついでに、眉も整える。伸び放題で、抜きがいがありそうなのに、筋肉痛で手が震え、うまく挟めないのが、悔しいけれど。

すっきりするという快感のよみがえった私は、さらに、初の洗濯までしてしまった。

乾燥機に移そうとしたら、フィルターに埃が詰まっていて、

(まったく、「後の人のために、使用後は糸くずを取って下さい」って書いてあるのに、公徳心がないんだから！)

と、怒りながら剝がして捨てる余裕も出てきている。

乾いたタオルをいっぱいに入れた紙袋を、点滴台の取っ手に下げて、例によって腹を突き出し、がらがらと転がしながら戻ってくると、別の部屋の患者の妻が、みるみる目に涙をあふれさせ、

「あなた、まあ、点滴しながらこんなことまで！　かわいそうに、洗濯くらい、おばさんに言ってくれたら、してあげるのに」

と泣くので、困惑した。

そりゃあ、私だって、できないことは、人に頼む。現に、洗髪のような、しなくても死ぬわけでもないことを、してもらったばかりだ。逆に、自分でもできることを、患者らしくないという理由で、しないでいたり、人任せにしたりするのは、嫌なのだ。

その人は、優しい人なのではあろうけど、その気持ちを受け入れられない「我の強さ」のようなものが、私の中で、またぞろ頭をもたげてきたようである。たった二日間の安静期間では、性格は変わらなかった。

洗濯だ売店だと、またしても病室にいない患者になりはじめたから、「館内歩行中」と紙に書き、ドア口に貼っておくことにした。留守中、回診があったとき、

（意味なく、ふらふらしているんではありませんよ、治療の一環として奨励されている、「歩行」をしているんですからね）

と、言い訳になるように。でも、あまりにしょっちゅう貼ってあったため、ドアの一部と化してしまい、効力はなかったみたい。

歩き回るのはいいけれど、注意すべきは、風邪である。何げなく、咳払いをし、

（痛たー……）

と、傷を押さえたまま、声も出せずに悶絶《もんぜつ》した。腹切りをした身に、咳は大敵である。風邪などもらってきては、自殺行為だ。

ある角を曲がったところで、突然、鼻が激しくひくつき、くしゃみを連発しそうにな

って、その場にうずくまり、胸から上だけをあえがせて、かろうじて、しのいだこともある。

「この付近には、何かがあるわ」

と睨みわたすと、ヒヤシンスが飾ってあって、花粉に粘膜が反応したと知った。こうなると花も考えものである。

手術創の痛みはともかくも、「筋肉痛」がこんなにも、中心的なテーマになるとは、思わなかった。いくらでも寝ていい環境にありながら、今の私は、不眠である。夜九時に、痛み止めの点滴が終わると、十一時には、目が覚める。それからは、寝つけない。左を向いたり右を下にしたり、クッションをあっちにあてがいこっちに移し、ひと晩に何十通りもの体勢を考える。

寝不足のまま、朝を迎え、起き上がり、はおりものを肩に掛けると、それだけでもう背中に響く。

「フリースのくせに、なんでこんなに重いのよ!」

頭にきて、廊下の体重計に持っていって測ると、たった四百グラムであった。それしきを支えきれずに、何かにもたれずにいられないとは。

仕方ない。何たって「切腹」をしたのである。江戸時代なら死んでいる。

六日めからは、筋肉痛に加え、空腹に悩まされた。

この日からはお茶は飲めるが、今の私は、歯ごたえのあるものを摂ることを欲しているので、初めての水分が、喉を通った感動はない。かえって、むなしいだけである。活動に比例して、消費エネルギーが増し、ここへ来て点滴からの供給を、完全に上回ったようだ。七日め朝の流動食開始が、ひたすら待たれる。

午後からは、ほとんど食べ物のことしか考えられなくなった。

（早く十数時間が経ち、明日の朝食を迎えたい）

それだけ。歩行と、普通食が解禁されたときのための下見とを兼ね、食堂のメニューを見にいった。一階と地下一階だ。

一階は、テラスもあるおしゃれなカフェテリアだから、ネグリジェ姿では無理かと思ったら、頭にぐるぐる包帯を巻いたおじさんが、椅子の上にパジャマで立て膝をしていた。

喫煙ゾーンのどまん中で、自らも煙草をふかし、ごほごほとむせながら、カキフライを食べているって、どういう理由で入院した人？　少なくとも、内臓疾患ではないな。ありゃ、体のことを考えない、健康人のすることだもの。

そこから導かれる、方程式。健康人は、体によくないことをする。健康は、体に悪い。病は、健康の基。一病息災ってやつである。病を患った人間の、悔しまぎれの言い分かしら？

地下一階は、閉店したらしく、電気が消えて、メニューのガラスケースにも、白い布がかかっていた。廊下の暗いのをいいことに、点滴台の棒につかまり、かがんで、おおいのはしをめくり上げ、ケース内を覗き込む。

親子丼四百八十円、カレー四百八十円、たぬきうどん三百六十円の世界だが、どれもおいしそう過ぎて、くらくらする。

夜はもう、ほんとうに空腹で、回診に来た若先生に、

「とにかく食べたくて、ふらふらします。はっきり言って、今、予後のことなんて頭にないです」

と訴え、呆れられた。

七日め。朝起きて、日曜日であることを思い出す。

週が変わるのをきっかけに、少し冷静になって、この間を振り返る。

手術後は、痛みを軽減したい、腹を満たしたい、という、第一次的な欲求に振り回されて、忘れていたが、週ごとにテーマを設定することを、入院時に私は決めたんだった。

先週は、「手術を乗りきる」週であった。熱や痛み、絶飲食や動きの制限を含む不自由に耐え、切ったところがくっつくのを待つという。

今週は、「回復」をテーマとしよう。むろん、すでに回復しつつあるけれど、耐える、待つといった受動的な姿勢から、もっと能動的に、回復をめざす。歩行にも、これまで以上にせっせと励もう。

窓の外は、週のはじめにふさわしく晴れ。体の状態が許すようになったら、恵比寿の三越に、パジャマを新調しにいこうかな。

朝食前、体重計に乗ってみた。手術前より二キロ減。

六日間の絶食で、二キロ「しか」と言うべきか。

進行していた

「さあ、今日から食事の開始です。ゆーっくり食べることを目標にして下さい」

看護師さんが来て、訓辞を述べるように言った。運ばれてきた第一食は。

おもゆ、具なし味噌汁、りんごジュース、牛乳。おもゆは、箸の先でいじましく底までかき回してみたけれど、ひと粒たりともご飯は入っていなかった。障子を張る糊よりも、薄い。

(流動食っていうより、流動「飲料」ではないの)

と、がっかりしたが、ちょうど来た若先生によれば、それだけの汁物に、二時間半かかった人もいるという。

「え、それじゃあ、次の食事が来てしまいますね」

とびっくり。いったいどうすれば、そんなに長い時間、かけられるんだろう。

が、その私も、食べ(飲み?)終わるまで五十分もかかってしまった。あれほど食い意地が張っていたのに、案外と入っていかないものである。へんなところにひっかかって、むせ返り、咳を大敵とする私は、七転八倒の苦しみを味わった。

おもゆは、昼も夜も粒なしで、三食とも完全なまでに流動「飲料」だった。お粥を作る大鍋の、ほんの上の方の液体だけ、すくっているのではないかしら。

「もっと思いきって深く、おたまを突っ込んでいいんだぞ！」

と、調理師さんにハッパをかけたい。

かき回したところで、すくうものがないから、いちいち箸を用意するのが、むなしくなる。明日はもうちょっと固形化してくれればいいのだけれど。贅沢ついでにいえば、おもゆのおかずがヨーグルトとかババロアというのは、つらい。塩けがほしい。許されれば下に買いにいくけど、梅干しとか海苔の佃煮なんて、繊維があるから、だめかしら？

看護師さんが、腹に聴診器をあてに来て、

「よく動いてますね。岸本さんは、よく歩いているから、だいじょうぶですよ」

と満足そうだ。今後、便が固形化していく上で、局所的な痛みを繰り返すこともあるけれど、正常なプロセスであり、むしろ腸が活動しているしるしでもあるから、不安はない、と。たしかに、何やら硬いものが、尿管の壁を押しながら通っていくような痛みに、うめいたが、前もって聞いているから、耐えられる。

手術創は日に二回、消毒し、ガーゼを交換する。その間は、あおむけに寝ているが、だんだんに首をもたげて覗き込むようになり、自分の状態が、おぼろげながらわかってきた。

傷は、縦一文字であること。二十センチ近くあろうか。その上をまたぐように、縫っである。これが、抜くときに見落とさないためかもしれないが、たこ糸くらいある、黒の太糸！　ビジュアル的にぎょっとする。まん中を手術創が通り、横に一本一本、線が渡してあるから、ちょうど漫画で怪我したことを示すのに、ファスナーのような傷を描くけれど、あれそのものだ。

（あれって、意外と写実的だったんだなあ）

と知る。下腹には、もう一箇所、小さな切れめを入れてあり、ドレーンという、直径一センチ余りの、金属製の管の切れはしのようなのが突っ込んである。体の中の切ったところから滲み出る漿液《しょうえき》というものを、体外に排出するためらしい。ガーゼにしみる液は、それだ。この管の入り口の皮膚を留めてあるのが、なんと、特大の安全ピン。はじめて、安全ピンが刺さっているのを見たときは、

（人間の体って、こんなことしていいの!?）

とのけぞった。しかも、全然痛くない。腹の皮に、こんな太いピンを刺すなんて、ふつうなら卒倒ものなのに、なんとも感じないのである。

口から栄養を取りはじめたからか、点滴の量は、目に見えて少なくなった。手術直後は、二十四時間フルに入れていたのに、この頃は、どうかすると就寝数時間前、下の売店が、まだ開いているうちに終わる。

点滴の管が外れると、たいへんな解放感！　昼間は、どこへ行くにもつながっているから、トイレも台を外に残し、ドアを半分開けたまま用を足すのが常だった。

トイレに入り、ばたんとドアを閉めるときの、気持ちよさ！　閉めることで解放感を得られるというのも、妙だけど。

連れだって動くのが癖になっているから、歩き出すと同時に、習慣的に点滴台を転がしかけ、

「あっ、そうか、今、管ついていないんだった」

と、照れ笑いするのも、嬉しい失態。

「順調のようですね！」

月曜の夕方、主治医が顔を見せて、言った。

「病理検査の結果が出ました。あさって夕方、お時間、いいですか？」

はいと答えると、

「ま、あまり楽しい話ではありませんがね」

おだやかな表情をまったく変えずに、去っていった。

(がんだったのだ)

私は察した。

病理検査で、がん細胞が認められた。虫垂炎に過ぎなかったという可能性は、否定されたのだ。

面談でいきなり、というのも何だから、それとなく、心の準備を促したのだろう。

(そうか)

と、息をつく。

わかっていたこと。はじめから、確率はごくわずかだと言われていた。

が、完全にうち消されてみて、胸のどこかで、自分がいかに、期待をかけていたかを知る。虫垂は右にあるから、そもそものはじまりとなった一年前の夏を思い出すときも、痛みはまず右から来たと、記憶に修正を施して、虫垂炎である方へと、無意識に方向づけていた。親しい友だちに、

「騒がせて悪かったけど、実は、がんじゃなかったのよー」

と笑いながら報告するシーンを想像している自分に気づき、

(いけない、その気になっては、あとでめげる)

と、首を振ることさえあったのだ。

でも、おかげで、手術後の体がいちばんつらいときを、先々をあまり深刻に思い煩うことなく過ごせただけでも、よしとしよう。

この間は、がんのことを忘れた一週間だった。

忘れたというのは、不正確かもしれないが、熱、痛みとの闘い、空腹を含め、心身が再起動する実感などで、いっぱいだった。

が、熱や痛みが一段落し、回復も軌道に乗った今、主治医の示唆と相まって、

「私は、がん患者なのだ」

「がんを告知された者なのだ」

という意識が、よみがえってくる。退院後に待っている人生は、それ以前とは、まったく違うものなのだ。

再発し、手術、あるいは放射線、化学療法を繰り返し、家でのふつうの暮らしと入院と、どちらが日常かわからないような生活になっていくのか。体がそんな状態になって、仕事は、続けられるのだろうか。

保険金の支払いにも限りがある。今はこんな、個室に入るなんて贅沢をしているけれど、しだいに経済的にも逼迫《ひっぱく》していくのだろうか。

気持ちの方は？　私はどういう人間でいることができるのだろう。

手術から一週間が過ぎ、もうそろそろ、がん患者として生きていく覚悟を決めるべきときなのだ。

夜、七時半からのNHK教育テレビ「人間ゆうゆう」は、その意味で、まことにタイムリーな放映であった。「働きながらがんと闘う」をテーマとする、まさに私のために作られたような番組だった。

告知を受けたとき、ちょうど竹中先生のジャパン・ウェルネスにも取材に来たばかりだとかで、

「僕の出るのは、第四夜だったかな」

「あー、それだったら私、入院中、病室のテレビで見ます、見ます」

という会話を交わしていたのである。

第一夜の登場人物は、定年近い会社勤めの男性だった。余命半年と告げられて、十数回の入退院をくり返し、抗がん剤を打ちながら、働き続けている。ただでさえ体はつらいのに、免疫力を高めるために、毎朝、二駅前で降りて、三十分間歩いて通うという。決めたらやり抜く、意志の人なのだ。

取材者の質問に、打てば響くように答え、考えや心構えを簡潔に述べる明晰さも、印象的だった。きっとすでに同じことを、何十回も自分に問いかけ、論理を組み立てて、揺るがぬ支えとしたのだろう。

「がんによって鍛え上げられた人」という感じがした。自分もあのように、不動の精神を持ちたいものである。

夜、八時、一階へ。

この頃では、点滴のとれた後、十一階と一階との間を、階段を昇り降りしている。運動不足の解消と、社会復帰に備えて。

この日は、二往復してもまだ歩き足りない気がして、はじめて、外へ出てみた。土の匂いがする。煤《すす》けたような、桜の古木の匂いがする。枯れた草を踏みしめる。パジャマとはおりものでは、ちょっと寒いけれど、冷たい風が、気持ちいい。もうすぐ、冬だ。告知を受けたのは、秋のはじめ。寝ている間にも、季節は確かに進んでいた。

庭の中ほどから、自分のいる病棟を見上げる。流動食解禁前の夕べ、覗きにいったカフェテリアも。

桜の枝々の黒いシルエットの間から、洩れる灯《あか》りが、目に優しい。何かしら、胸の温まる美しさだ。

病気という、必ずしも幸運でない縁で入ったとはいえ、この間、ここは「わが家」であった。

ひと月前までは、まったく知らぬ場所だった。働きざかりの四十歳で、四週間の長きをここに過ごそうとは想像だにしなかったけれど、そうなるに至った、さまざまなめぐり合わせを考え、感慨深い。


童女にて母に呼ばれし我の名はいかにきらきらと光りしならむ　斎藤　史

入院中『第三折々のうた』（大岡信、岩波新書）で読んだうただ。

幼稚園に上がる前、家にいて、母にまとわりついていた時代。あの頃の私を知る人は、まさか、この子が四十歳でがんを患うとは、夢にも思わなかっただろう。

病とは、そういうものだ。いつのときも、誰にとっても。

母がもういないのを幸い、健康だった子ども時代の想い出に、今日限り、封印をしよう。

いつか心乱すことなく、懐かしめる日が来るまでは、けっして後ろを振り返らない。

私は助かったのか？

手術後の面談には、父は呼ばなかった。諸々のことからして、そこで受ける説明は、手術前より厳しいものになることが予想され、父にとっては、酷だろう。まずは、自分ひとりの内にしまって、追々、話せるところだけ話していくことにしよう。

一階と十一階の間の往復トレーニングでへばり、ベッドの上にひっくり返っていると、ナースコールのマイクを通して、呼ばれた。

この前と同じ、ナースステーション隣の「相談室」だ。

説明は、患部の肉眼的所見からだった。

開腹したところ、虫垂突起とS状結腸とが癒着し、一塊をなしていた。はじめは、主治医も、何が何だかわからなかったという。

S状結腸の方の潰瘍《かいよう》は、二・五センチほどになっていた。

虫垂のまわりに、膿《うみ》のようなものが、少しあった。周辺の腹膜は白っぽくなっており、尿管の一部とくっついていた。

これらは、炎症の痕であろうと判断された。尿管は、離すことができた。

切除したのは、次のところだ。癒着の塊。その前後のS状結腸。S状結腸がん切除の通常の範囲のリンパ節、腹膜。追加切除として、虫垂、そのまわりの腹膜。

次のところの組織を、迅速診断に出した。病理検査のひとつで、こちらは二十分で結果が出、手術中に知ることができる。虫垂の盲腸側のつけ根、盲腸近くのリンパ節、くっついていた尿管近くの腹膜。いずれも、転移は認められなかった。手術後の病理検査の結果も、同じだった。

ただし、それは、たまたま採取した部分に認められなかったということで、まったくないとは、断言できないという。

診断は、虫垂がんプラス虫垂炎。S状結腸への癒着は、がんと虫垂炎との、両方によるものだろう、おそらく、がんの方が先にでき、それが虫垂炎を引き起こしたものと考えられる、と。いずれにしろ、極めて稀《まれ》なケースだという。

「浸潤」は、やはりしていたのだ。癒着が、虫垂炎だけによるものなら、がんそのものはまだ、もとの臓器内にとどまっていると思い込むこともできたが、その可能性は、消えた。

「手術による治癒率は、三〇パーセント」

主治医は言った。三〇、と、すばやくメモした。深達度の図では二五パーセントのものにあたるが、リンパ節転移がないぶん、少し上がるのだろうか。

「いいえ、五〇パーセントとしましょう」

主治医はすぐに訂正した。

「言い替えれば、五〇パーセントは、再発の可能性があるということです」

(これが、「イロをつける」ということか)

と、手術前の説明で交わした会話を、思い出す。「三〇」と口にした後、次に再発率を言おうとして「七〇」になることに気づき、それでは耐えにくかろうと、言い直したのではないか。五〇なら、まあ、半々だ。

が、そんな医師の心理を読み込むようなことをしても、無意味である。五〇なら五〇と、言葉どおり受け取ろう。

「この数字は、生存率ではありませんね？」

と確認せずにいられなかった。違う、とのこと。

再発イコール死ではないのだ、再発してもなお、取り得る方法はある、と、理解する。

今後は、ひと月おきに血液検査を、三、四ヶ月に一回ＣＴを行っていく。放射線療法の話は出なかったから、手術のみとなったのだろう。

五年以内に再発しなければ、再発の可能性は、ほぼなくなったと考えられるそうだ。

「五年生存率」というのが、がんの本によく出てくるわけが、わかる。再発するとしたら、ほとんどが五年以内なのだろう。

がんの本には、「組織型分類」という項もあったのを思い出す。がん細胞を顕微鏡で見たとき、形や配列が、正常な細胞に近いものから、正常細胞の構造をほとんど残していないものまであり、後者ほど、たちが悪いと書かれていた。

自分のはどうなのだろうと質問すると、

「中間、です。でもこの場合、手術後治癒率には、あまり関係ありません」

とのことだった。

総合的に察するに、いわゆる手遅れではないのだろう。が、早期でよかったといえる段階も、もう過ぎている。試みに、

「この段階でみつかっただけ、よかったです」

と言ってみたときの、

「もう少し早いとよかったんですが」

という医師の反応からも、確認できた。

面談を終えて、立ち上がる。部屋を出る前、主治医からかけられた、

「お父さんに、説明できますか？」

という声に、優しさを感じた。

病室に戻り、メモしたことを、もういっぺんノートに書き出してみる。

文字を並べてみても、わからないのは、

(結局、自分は、治ったのか、治らないのか？)

ということだ。

詳細にわたる、言葉を尽くした説明だったと感じている。私としても、個々の点については、理解したつもりである。が、かんじんの点は、謎のままだ。

私は、助かったのか？

私の理解がじゅうぶんでないのか、あるいはがんそのものが、そういう病気なのだろうか。

手術前の、最大の関心事は、リンパ節転移があるかないか、であった。条件付きながらも、なしとされたのだから、私は安堵すべきなのか。

ほどなく、担当医と若先生の二人組が現れた。

（フォローしに来てくれたのだ）

と感じた。説明を受けた後の私のようすを見にきたと受けとれるタイミングだった。単なる偶然かもしれないが、そう思うことにする。

「相談室」での説明の途中から、主治医の後ろに控えていた若先生は、さすがに笑顔はなく、常よりも緊張した面持ちに見えた。

「わからないことや、訊き落としたことはありませんか」

担当医の問いかけに、胸の中に残っていた疑問を、そのとおり表した。結局のところ、私は治ったのか？

「それは、五年が経ってみて、わかることなんです」

と担当医は言った。現段階でいえるのは、手術で、取るべきものは全部取れたということ。それによって治ったかどうかは、五年間が、再発なしに過ぎて、はじめていえることなのだ、と。

生きてみなければ、わからないのだ。

その他いくつかを、補足的に質問する。私の病気はステージⅢａ、デュークス分類だと、Ｂになるそうだ。組織のタイプは、粘液がん。特殊型に属し、正常細胞の構造からどれほど離れているかという一般的な基準では評価できない、その意味で、主治医の説明どおり「中間」としか言いようがないそうだ。例は少ないが、若年層には、比較的多くみられるという。

「退院までは間がありますから、他に質問を思いついたら、書き留めておいて下さい。いつでも答えます」

担当医が言い、若先生も後ろから、

「僕でわかることなら、答えます。わからなければ、先生に取り次ぎますから、訊いて下さい」

遠慮がちながらも、しっかりとした口調で言い添えた。患者へのそうした向き合い方が、検査の結果を、どれほど受け入れやすくしているか、わからない。

ひとりになってから早速、がんの本を開き、三人から聞いたことを「おさらい」する。デュークス分類は、国際的に使われている大腸がんの進行度の指標で、AからDの四段階に分けられ、デュークスBは、がんが腸壁を貫いているがリンパ節転移のないもの。五年生存率は、七〇パーセントとされる。今の私には、希望的な数字に感じられる。リンパ節転移があるものは、Cになる。

ステージ分類は、日本の指標で、〇からⅣまであり、そのうちのⅢ。がんが浸潤しているかリンパ節転移があるもので、前者をⅢa、後者をⅢb。リンパ節転移があったものと、同じⅢになるところに、デュークス分類との、ニュアンスの違いを感じる。ステージによる五年生存率は示されていなかった。

粘液がんについては、一般的でないせいか、記述そのものが、なかなかない。

粘液がんとは、どんなものか？　手術後治癒率にはあまり関係ないというから、知らなくてもいいと言えばいいのだが、やはり知りたい。

一箇所、粘液がんは、大腸がんの中では悪性度が高く、経過が急で、放射線、化学療法もあまり効かないとされている、とあるのを見つけたときは、さすがに、ずしりと響く、衝撃のようなものを胸に感じた。

でも、こんな記述で、いちいち動揺してはいられない。

三冊の本をベッドの上に広げ、閉じないようにページのはしを膝で踏みながら、同時並行的に読んでいったが、しだいに、どこに何が書いてあったかわからなくなった。この項目なら、この章にあるという、基本的な構成が、つかめていない。要するに私はまだ、病気についての調べものに慣れないのだ。それはそうだ。ほんのひと月前までは健康そのものだったのだから。

（こんな知識を仕入れることなしに、一生を終われればよかったが）

ページをめくる手を止めて、腕組みし、太く溜め息をついた。

けれど、なってしまったものは、仕方がない。

いつか、こんな知識も不要になり、該当箇所を血眼になって探す、みたいなことも、しなくてよくなるのだろうか。

がんについて知らなくてすむ、がんと無関係に生きられる日が、再び私に来るのだろうか。

五年先の未来があるかどうかは、天のみぞ知る、だ。が、少なくとも、父より先に逝くわけにはいかない。

老いて、連れ合いも亡くした彼に、その上、逆縁の憂き目に遭わせることだけは、なんとしても避けねばならぬ。父に、私の葬式を出させてはならぬ。

父の葬式を、この手で出す。人生半ばにしては、志の低いことが、私の目標となってしまった。

が、目標は目標として、現実対応の方も、考えておかないと。

もしも再発して、いよいよ予後が限られたなら、私はここに入院したい。緩和ケア病棟ならぬ緩和ケア階が、この病棟に、たしかあった。エレベーターのフロアー案内に、出ていた。

十階と、このすぐ下だが、まさか「見学させて下さい」と頼むわけにもいくまい。

パンフレットでもあったら貰っておこうと、さっそくくつを履き、一階に降りていく。外来棟ロビーの入り口近くに、案内類が置いてあるのだ。

今から準備するのは、気が早過ぎる感もあるが、がんでなくても、いつかはみんな、ターミナル（終末期）な状況を迎えるのだ。そのときに、どんな選択肢があるか、前もって情報収集しておくのも、無駄ではないはず。

パンフレットの写真で、部屋のつくりとか、一日いくらかといった料金表まで、まじまじと眺めてしまった。

しかし、こっちがそのつもりでも、いざそうなったとき、うまく空きがあるとは限らない。待機者は多いんだろうか。これぱっかりは「予約」しておくわけにもいかないし。

ともかくも、このパンフレットは、要保存だわ。

時間外の外来棟ロビーにいるのは、妊婦とそのパートナーという組み合わせが、ほとんどだ。出産だけは、時を選ばないからだろう。

到着するや否や、即、分娩台へという切迫したケースばかりでもないらしく、大きなお腹で、パートナーの腕につかまり、自動販売機の前なんかを歩いている。

そうしたカップルが何組も、行ったり来たり。

椅子に掛け、コーヒーの紙コップを両手に挟み、彼らの姿を目にしながら、

(ああ、こういう選択肢は、自分の人生から、もうなくなったんだな)

と思う。

切除したのは、婦人科の臓器ではないから、機能としては残ってはいるが、五年生存率が云々される今、子どもを産むことを考えるのにふさわしいときではないだろう。

が、別にそれは、この病気になったから、失ったものではない。四十歳までの間に、出産につながるような生き方を、自分がしてこなかっただけ。会社を辞め、転職し、その間ずっと、結婚、出産という課題は先送りして、真剣に取り組もうとしなかった。

誰に強いられたわけでもない。すべて自分の選択だ。何の文句がありましょうぞ、という感じ。

そんなふうに納得できるだけでも、恵まれた人生を、過ごしてきたといえるだろう。

「泣き言を言うのは、私らしくありません」

立ち上がり、屑籠に紙コップを捨て、そうはっきりと、つぶやいた。

声にするということは、不思議な力をもたらすもので、もしかしたらほんとうは、泣き言ばかりの性格かもしれないのに、口に出すと、まるでもとから、そのとおりの人間であったかのような気分になれる。

弱音を吐きそうになったときは、これから、これを呪文としよう。


「人間ゆうゆう」は、継続して見ていた。

再発しながら、通院で治療し、働き続けている女性の日常も紹介されていて、

「へえ、再発したって結構、ふつうにやってるじゃない」

と、驚き、かつ、励みになった。

第四夜、竹中先生の出る回は、五分前からチャンネルを合わせて待った。がん患者を精神的に支援するジャパン・ウェルネスのプログラムのひとつで、患者どうしが語り合うサポートグループのようすも映り、「再発の不安」というテーマを、ジャスト抱えたばかりの私には、とても興味深かった。

竹中先生の、スタジオでの話もあった。

番組終了後、父と電話で感想を述べ合う。再発したからって、すぐに死ぬわけではないことを、闘病中の人の姿を通して知っておくのは、万一のときのためよかろうと、父にも視聴をすすめておいたのだ。

父は、竹中先生の話の中の、「二十世紀はがんと闘う時代だったが、二十一世紀は、がんと共生する時代に」というところが、印象的だったそうだ。

私が、もっとも印象に残ったのは、そこと前後しての、がんを「慢性疾患」としてとらえる、という発言だった。

その違いを、面白く思った。

がんになる前の私なら、父と同じ箇所を挙げただろう。大づかみで、わかりやすい。が、進行がんを患う身となった今は、後者の方に、より説得力を感じた。

がんが「慢性疾患」たり得るのは、患者が「死なない」からである。すぐに死んでは、「慢性」という持続性は、出てこない。

がんイコール「死病」ではない。がん細胞を消滅させることはできなくても、増殖を抑えたり、症状を緩和したりしながら、内に抱えたまま、生きられるのだ。

父の挙げた箇所と、私の挙げた箇所とは、実は同じことを意味している。前者はマクロの、後者はミクロのレベルでの。

そして、今の私には、時代より、ひとりの人間の体という、ミクロな単位に即した表現の方が、より具体的でストレートなメッセージとして響いた。

（がんも、他の病気と同じように、「慢性疾患」として対処していける）

そのことに、強く勇気づけられた。

社会復帰に向けて

おもゆが三分粥、五分粥と変わっていくにつれ、点滴が早く終わるようになった。手術創にあてたガーゼも、日に日に薄くなる。

痛みがなくなると、傷をかばおうとする筋肉の凝りもとれ、夜、ぐっすり眠れるようになる。

そのぶん、昼間は、気力体力ともに充実。

食事は、ベッドまで運ばれる前に自分から取りにいく、部屋のゴミ箱は、収集を待たずに給湯室のゴミバケツまで空けにいくなど、「自分のことは自分でする」をモットーにした。退院後は、全部そうなるのだから。

石鹸を泡立て、両手を使って洗顔したり、口から物を食べたりと、ふつうのことがふつうにできるようになったのは嬉しいが、余剰のエネルギーをただ、一階と十一階の往復歩行に費やしているのは、もったいなく思えてきた。社会復帰に向けて、始動しよう。

放射線による追加治療なしに手術のみで退院できることになったし、一年以内に再発することが多いといわれるリンパ節転移もないとわかったから、長い先のことは不確定でも、当面の仕事は、再開できる。病院にいながらできることから、はじめよう。

主治医の説明のあった翌日から、早速、あちこちに電話をかけた。読むべきものを届けてもらったり、打ち合わせのある人には、こちらまで来てもらうよう頼んだり。

点滴の終わる頃を見計らい、三時過ぎ、一階のカフェテリアで会う。腹帯はしているが、ガーゼが前よりスリムになったので、スカートのホックを外し、セーターでカバーすれば、パジャマでなくても、なんとかいけそう。

ロッカーだんすから、入院時の服を取り出す。ブラジャーをつけるのも、久しぶりですね。

そろそろ下りていかなきゃと、ドアを閉め、着替えていたら、とんとん、とノックの音。

（うわ、客だ、もう来た？　何でこの部屋、わかったんだろう）

と慌ててファスナーをひっぱり上げると、主治医であった。

「お出かけですか？」

「いえ、あの、客が来るもので、つい、いいところを見せようと」

言い訳しつつ、ベッドに飛び乗り、スカートを下ろしてお腹を診せる。

「順調ですね。あとは、これからですね」

「はいっ」

と、いい返事をし、主治医が去るや、身づくろいをし直し、下へ。病室で話してもいいのだけれど、カフェテリアのテーブルについて、店員が立ち働き、他の席のおしゃべりが聞こえる中にいると、それだけでシャバの空気を吸っている感じがする。

うっかり話し込み、たいへん、五時。担当医と若先生の回診があるかもしれない。

(もう行っちゃったかな?)

と危ぶみつつ、急いで帰り、パジャマ姿に逆戻り。病人スタイルになったり健康人スタイルになったり、一日のうちにも早変わりで忙しい。

「この頃、夕方はほとんどいらっしゃいませんね」

担当医と顔を合わせたとき、指摘されてしまった。

「すみません」

肩をすぼめて詫びると、

「いえ、それだけ元気になったってことで、嬉しいですよ」

と笑顔で言われ、ますます小さくなるのだった。

昼間、さかんに動くぶん、夜はたっぷり休養を取る。この頃のテーマは「回復」から、「社会復帰の準備と休養」へ。両者は相反するようだが、休養も準備のうちなのだ。ひとたび出たら、こんなにゆっくり寝ていられない。退院したその日から、家事があるし。

退院までの間にもうひとつ、しておきたいことは、肌の集中ケア。ふだん時間がなくて、めったにできないパックに、この機会に励むことにした。入院で、どうしたってやつれた感じになっているだろうから、ダメージを克服すべく。洗顔石鹼を買っている店に電話して、代金引換で送ってもらう。

お面のように塗りつけて、消灯後に回ってきた看護師さんを、びっくりさせてしまった。

日曜日。手術後初の外出をする。バスに乗って、恵比寿のガーデンプレイスへ。

バスが動き出すと間もなく、車酔いし、社会生活から離れていたブランクを感じて、世間のペースについていけるか、不安になる。

人に対する警戒心も、もともと少なかったところへもってきて、入院でほとんどゼロになってしまった。悪意のある人間だっているという、基本を忘れ果てていた。駅周辺の雑踏を前にすると、世の中には、わけもなく不機嫌な人、神経のささくれだった人もいるから、ぼうっと歩いていてぶつかったりしないよう、注意せねばと、緊張する。

ビルの中に入ると、そこにいる女性が全員きれいなので、びっくりした。十一階では、看護師さん以外、自分より若い人を長らく見ていなかったからか。フロアーはまばゆく、書店は新刊本にあふれていて、目を奪われるばかりである。買い物をする人、腰掛けておしゃべりする人、どの人も皆、楽しそうに見える。

あれも、これも、私はまだ、できる。仕事の再開を含め、したいことがあり過ぎて、嬉しいとまどいにおぼれそうだ。がん患者ではあるけれど、こういう、後から後からわいてくる、内なる衝動、生命力を、「健康」と呼ばずに何と呼ぼう。

仕事でも、家事でもいい。おしゃれでも、体を動かすことでもいい、そのときどきにしていることに、没頭しよう。空腹をどうしてくれよう、そのことだけでいっぱいで、予後のことなど頭になかった、あの「境地」をだいじにしたい。

病室に戻り、うって変わった静けさの中、考えた。

私はなぜ、五年生存率を超えて、生き延びたいのか。

再発、死。その途中にたどる、過酷な治療、加速度的に衰えていく心身といった経過が、怖いこともある。

が、「生きたい」という願いは、「死にたくない」という拒否感と、等価ではない気がする。それ以上のものがある。

私は基本的に、生きるとは、すごくいいことだと思っている。

だからまだ、生き足りない。

手に入れていないものを欲しいから、ではない。子どものいる人生とか、果たせなかった夢とか、まだかなえていないことを、この先に求めるからではない。これまでと同じ日々を、もっともっと続けたい。

こんなことを言うと、

「なんと思い上がった人間だ」

と呆れられるだろうが、私は、がんという病気を背負い込んだこの期に及んでも、自分のことを、つくづく運がいいと思っている。

戦争、飢餓、独裁政治のない国、ない時代に生まれ合わせ、個人を超えた大きな運命により、生命、家族、思想良心の自由を奪われることなく、恐怖に支配されることもなしに、過ごした。歴史上、あるいは地球上にくり広げられている数々の悲惨を思えば、奇蹟のようなことである。

いじめ、虐待、犯罪にも遭わず、心身を取り返しのつかないほど傷つけられる経験もなしに、育ってきた。

せっかくこの世に生まれてきて、しかも一回きりならば、この幸いなる人生を、できるだけ長く享受したい。

生きて何をしたい、かにをしたいという以前に、生きることそのものが、私は好きだと、わかったのだ。

入院生活最後の晩は、ブラインドを閉めずにおいた。

十一階からの、この夜景も見おさめだ。見おさめにしなくては。

このまま、ブラインドを開けて、寝よう。横になれば、窓の外は見えなくなってしまうけれど、家々の灯り、街の灯りが点いていることを、感じながら、眠りにつこう。そして暁には、日が昇るのを。

星々や月と、太陽とが交代し、空を満たす光に、目を覚ます。

希望、という語が、ごく自然に、胸の中に降りてきた。その言葉を、忘れずにいたい。受容を心の片すみに、まん中には希望を置いて、退院後を生きていく。

第二部

退院後をどう生きるか

再発リスクを抱えて

退院を境に、流れる時間の質は、変わった。

振り返ると、告知から退院までは、具体的な時間を生きていた。病院探しにはじまって、入院生活への適応、手術、回復と、そのつど短期的で、有形の目標があった。

これからは、到達点のわからぬ、無形のテーマと、長期にわたり、向き合うことになる。

私は、どうなるのか。何をすれば、いいのか、と。

がんとの関わりは、現実対応から、思索的な次元に移ったのだ。

退院して、家で過ごした第一夜。病院から同行した父の帰った瞬間に、不安が、胸の中にふくらんだ。

病院にいる間は、私は常に、守られ、管理されていた。医師の言うとおり、看護師の言うとおりにしていれば、すべては快方へ向かうと信じることができた。

これからは、ひとり。

何も知らない、何も持たない、自らを助くるすべを何ひとつ所有しない、無力な者として、たったひとり、宇宙のただ中に放り出されたような。

ソファに腰かけているだけで、心臓がどきどきしてきた。私は、何かをしなければならない。

現段階で可能な処置は、すべて施され、退院した。その先、再発の危険を超えられるかどうかは、自分しだいだ。

そのために猶予されている時間が、座っているこの今も、すでに一秒一秒減りはじめている気がして、居ても立ってもいられなくなってきた。焦燥感にかられて、外へ出る。

退院したその夜に、街をうろつくのは、どうかと思うが、家で不安を抱えたままじっとしているのは、耐え難かった。書店で、何か、情報を得よう。

そうして行った書店の棚は、私を失望させるものだった。

「医学」のコーナーに、がんとタイトルにつく本は数あれど、ほとんどが、ひとつの健康食品、ひとつの療法を取り上げて、それがいかに効いたかを、体験記でまとめている。新聞によく広告が載っている「末期がんが治った！」「余命三ヶ月から奇蹟の生還！」という、あの類の。

私が知りたいのは、がんの増殖するメカニズムだ。取るべきものは取り、なお、再発の可能性があるならば、これからは、それを抑える力とのバランス・オブ・パワーでいく他ないのだろうとまでは、シロウトにも考えつく。生体に備わる自然治癒力、免疫システムなどを、科学的、かつ一般向けに説明し、それらを向上させる方法があるなら方法を、そのための医療を施す機関があるならその機関を、中立的に紹介する本がほしい。書店にはこれほど本があふれているのに、求める情報にたどり着くのは、なまなかのことではなさそうだ。

それとも、私の問いが、もともと答えのないものなのか？

変えられることと、変えられないこととを、まず判別する。前者については、変える方法を探す。後者については、受け入れる。

それが、これまでの、ものごとへの対し方だった。

受け入れる、というほど潔くはない。が、自分のコントロールの範囲外にあるものにつき、じたばたしても、はじまらない。嫌だけれど仕方がない、とあきらめて、なるべく動じず平然としているのが、受け入れがたい事実にとれる、せめてもの態度だと。

が、こと、今直面していることに関しては、そのような開き直りができない。

そもそも、変えられることかどうかの判別が、つかずにいる。

五〇パーセントだかの再発率。その数字は、変えられないだろう。が、その五〇パーセントに、自分が入るか、入らないか、となると。

私から、はたらきかける余地が、あるのではないか。そのためにできることを、知りたい。

しつこい私は、竹中先生のもとを、退院報告を兼ねて訪ねたり、インターネットの、ボランティア医師によるサポートシステムに質問したり、国立がんセンターのホームページを調べたり、挙げ句の果ては、一度も受診したことのないがん専門病院にまで、図々しくも相談に出かけていった。

がん専門病院ははじめてだが、行ってみて、人の多さに驚いた。

一階総合受付前も、各科受付前も、人、人、人、人……。群衆、というべき数の患者が、詰めかけている。

(がん専門病院であるからには、ここにいる人たち、皆、がんなわけだよな)

と、あっけにとられる思い。がん年齢に達していない私のまわりでは、がんはまだ「めずらしい」出来事だが、居るところには居るものだ。さすが、日本人の死因のトップだけある。

しかも、その人たちのほぼ全員が、生き死にの問題に、直面しているわけである。そんなシリアスなテーマを抱えた人が、一箇所にこの密度で集まっていることが、何かしら奇異にさえ感じられる。この世の不幸が、わが身ひとつに降りかかっている気がする人は、ここに来れば、心持ちも変わるのではなかろうか。

結果としては、ここでもまた、再発を避ける決定的な方法はないという、現代医療のコンセンサスを確認するに終わった。

たしかに、そうだ。だからこそ、今もって多くの人が死ぬのである。「不治の病」とされていた、ひと昔前のがんの「常識」を、手術もでき、回復もできた私は忘れていたが、完全に過去のものになったわけではない。

手術を受けた病院では、退院後も全力でのフォローのあることは信じている。が、それとても再発の「早期発見」に努めるのであり、「防ぐ」のではないのだ。

「すると、気のすむようにしていいと、思っていいのでしょうか」

がん専門病院の医師に尋ねると、

「それも、ひとつの考え方です」

との答えだった。

一階ロビーで支払いを待つ。近くの長椅子には、家族と思われる三人がいた。父親とおぼしき七十代の男性をまん中に、妻と娘らしき女性が両側から身を寄せて、親子三人、ひとかたまりにくっつき合っている。地方の病院で告知を受け、とるものもとりあえず出てきたのか、それぞれの足もとにボストンバッグが置いてある。

受付から誰かの名が呼ばれるたび、三人して驚愕の目を見張り、

「あの人もがん？」

と囁き合う。自分が、家族が、突然がん患者となったこと同様、見たところ何の病気もなさそうな、あの人も、この人も、がんであるということに、慣れられないのだろう。そう、がんは、外見からはわからない。退院し、パジャマを脱いで、ふつうの服を着た通院患者になれば、健康人として、社会の中で生きていかねばならないのだ。

掲示板には、尋ね人の貼り紙があった。帽子をかぶった、若い女性の写真。入院中、行方がわからなくなったという。抗がん剤の影響か、髪の毛がない。

抜け出して、向かった先は、海だろうか。ここからは、埠頭《ふとう》が近い。

水産卸売市場に隣接するここは、建物を出ると、潮の匂いがする。解体された魚、微生物の死骸。

姿を消したくなったのは、副作用のつらさに耐えかねてか、先々の希望を失ってか。いずれにしろ、再発後の治療の厳しさを、私に思わせる。

冬空のもとを、駅へと歩きながら、思う。

(足を棒にしたところで、ないものは、ないのだ)

「気のすむ」とは、まさに私の心を言い表している。再発は、したくないけれど、それ以上に、再発したとき、

「何か他に、できたことがあったのでは」

と後悔するのが、嫌なのだ。そのための精神的手続きを、踏んでいる。

それは私のエゴであり、そのために医師たちを、これ以上煩わせてはいけない。がん専門病院の医師は、一日に百人以上の患者を診るという。その人たちのすべてが、全身を耳にして、医師の言葉を聞きにくる。

竹中先生は、現代医療にできること、できないことを、知っている人だからか、退院後、とりたてて何もしなかったようである。その姿勢には、「ここからは、運を天に任

せる」というような割り切りが感じられる。それも、賢いセルフコントロールだろう。

だが私は、先生より、往生際が悪いのだ。

再発する方に入れられるか、しない方に入れられるかを、座してただ待つことには、耐えられない。「確率」に支配されるしかない受動的な立場に貶《おとし》められていることに、がまんならないのだ。

私は私の主体でありたい。

再発リスクに伴う苦しみとは、このことか。

死にたくない。生きたい。その思いはむろんあるが、再発の不安は、そうした生物的本能だけでなく、人間でありながら、自分の未来に、主体的に関与することができない」という、実存的な苦しみでもある。

人間。この未来を企図し、意志する者に生まれながら。

がん患者として生きることは、人間としての主体性を、がんに譲り渡すまいとする、不断の格闘なのだ。「共生」という言葉では、私は語れない。人間としての自由を、主体性を奪おうとするこの病に対し、「闘う」という意識がまだ強い。

代替療法の存在理由は、そこにあるのだろう。新聞広告の「奇蹟」を頭から信じるほど、がん患者は、分別を欠いてはいない。効くかどうかはわからない、くらいの受け止め方をする、理性は持っている。

が、命を救う、それ以上に、さきに述べた実存的な苦しみから、自分を救いたいのである。死そのものを、ではなく、死に対し脅えることしかできないという状況を、克服したいのだ。

何もできず、運命の宣託を待つほかないという無力感を、乗り越える。あくまでも、未来に主体的に関わる生き方を、通す。

それはそれで、人間の尊厳を守るための、じゅうぶんに取り組む価値のある、精神的営みとはいえまいか。

人生の主体でありたい

退院後間をおかず、あっちこっちと動き回っていたせいか、さすがに疲労がたまってきた。外出が、特にこたえる。

帰宅して、コートも脱がず玄関の床にへたばって、体力の低下に愕然とする。手術創は癒え、回復したつもりになっているが、体にメスを入れたダメージは、侮れないのか。

予定した半分の量の用しかこなせずに、力尽き、途中で戻る。

ぐったりと家にたどり着き、郵便受けから取るだけ取ってきた封筒類の中に、国民年金基金の払い込み通知があったりすると、「年金」の文字を見るだけで、もう空しい。

五年以内に再発しなかったとしても、四十歳でがんになった体である。いずれまた、どこかにがんができ、受給開始までは生きられないに違いない。単なる払い損だ。

（国民年金は、義務だから仕方ないとしても、基金の方は、いっそ脱退してしまおう

か)

と考え、

(いや、それは、敗北の思想だ)

と首を振る。

それに、もしも長生きできたとき、年金なしでは立ちゆかない。現実的には思えなくても、一応、両様の構えをしておかないと。

受給開始の六十五歳は、遠い遠い先となった。年とってから住むところがなくなっては困ると、数年前、今の家を購入し、せっせと繰り上げ返済までしたが、こうなると、早まった心配だったような。死んだら、ローンは全額免除される。

前は、ちょっと関心のあった、「老後の備えに、利息を年金代わりに」みたいな投資案内のチラシにも、まったく目をくれなくなった。

(五年先もどうなるかわからないのに、年とってからのことまで、気が回らない)

と感じて。

街を歩いていても、老人に向けるまなざしが、変わった。

前は、高齢の女性が、古びたアストラカンのコートを着て、買い物カートを引いて来たりすると、

(この人も、独居老人か。昔、そこそこ裕福な暮らしをしていて、夫に死なれて、今はひとり、年金暮らし、というパターンか。年をとると、夕飯の買い物もたいへんだろう。

足腰が立たなくなったら、どうするのか)

などと、先々の自分と重ね合わせ、経済や身のまわりのことまで案じたものだが、今はとにかく、「がんにもならず、その年まで生きている」というだけで、無条件に「すごい!」と思う。

仕事先で、年上の女性が、

「私、皆から、長生きするよって言われるの。図々しい性格だからって」

と笑いながら話したりすると、

(私もよく、ふざけて同じことを口にしていたなあ)

と懐かしいような。そんな冗談を言えた自分が、はるか昔のことのようだ。前までのように、

「私もですよ」

と同調するわけにもいかず、

「そうなんですかあ」

とうなずくだけ。

退院後、モノはよく捨てた。

人からもらって、ずっと使わないでいるけれど「そのうち何かの役に立つかも」としまっておいた器類。贈った人が万が一訪ねてきたとき、ないと悪いから、とってあった

飾り物。「いつか着るかも」とクローゼットの奥に入っていた服。それらを、みんな。「そのうち」「いつか」なんて時より、再発や死の方が、今の私には現実的だし、義理ももう、いいって感じ。

後の処分を考えて、なるべく減らさなければ、身軽にしなければとの、心理が常にはたらいている。

要るものと要らないものとが、はっきりした。モノだけでなく、人間関係も。お付き合いに類するものは、断る。エゴイスティックだけれど、外出がこたえる身には、命が削られるに等しいのだ。今の私は、時間、体力とも、余裕がない。

パジャマや腹帯など、入院に要した品だけは、捨てないでトランクに詰め、いつでもそのまま持っていけるようにしてある。

(これもまた、敗北の思想だわ)

とは思わなくはないけれど、ひとり暮らしの私は、いざというとき、頼める人がいない。備えだけは、しておかないと。

仕事は、退院から一週間も経たぬうち再開したが、話の持っていき方も、難しいことがわかった。

一冊の本になりそうな原稿があって、出版の相談をしていても、

「じゃあ、来年か再来年の企画として検討させていただきます」

などと言われると、

(私にはそんな、のんびりしていられる時間はないんだ、目の黒いうちにまとめておきたいんだ)

と、叫びたくなる。相手の知らない、一方的、かつ個人的な事情で、何の関係もないといえばないのだが。

(こうなると、いっそ何もかも話した方が、いいのでは)

だが、私の場合まだ、死なない可能性も大なのだ。

「一年経たずに死ぬかもしれませんが、死なないかもしれません」

では、言われた方も困るだろう。何の判断基準にもならない。

先の短いことをちらつかせ、脅すようなことをして出版を急がせておきながら、その後もまだ生きていては、信義則に反するし。がんの、難しいところである。

何が何でも隠し通すつもりはなく、ばれたらばれたで話が早い、くらいの気でいる。それでも、積極的に公表しないのは、がんはまだ、周囲を緊張させる病気らしいからだ。

経験者や、家族に患者のいた人は、そうでもない。一年先の約束はできなくても、だからといって、明日死ぬわけでもないと知っている。終末期までは、日常生活も、仕事も、ふつうに続けられるということも。

だが、一般には、がんはまだ、死と直結しているのだ。

私だって、そうだった。当事者となった今も、イメージとの乖離《かいり》に、とまどいがある。

がんというのは、告知されたら最後、痩せ衰える一途をたどり死に至る、と思ってい

たが、

（意外と、面相も変わらないものだなあ）

と、鏡の前で、ふっくらした顔をなで、感心したりする。坂道を転がり落ちるようなものではなく、階段状に進むらしい。その一段、一段が、再発、再々発と重なるにつれ狭くなり、加速度がつきそうなのが、気になるが。

公表せずにいるのは、これまでの仕事を、変えたくないからもある。

（がんごときで、方向転換させられるような、柔《やわ》な人間ではない）

と思いたがっている。日常の中に張り合いを、ということを、これまでずっと書いてきた。人生の大事からすれば、とるに足らないようなものごとにも、目標なり課題なりを設定して、取り組む。その設定の仕方、向き合い方が、すなわち、自分らしさであり、価値観の表現であり、生き方そのものだ、と。

一方で、

（そんな、のんきなことを言っていられるのも、健康で何ごともない日々ゆえの、平時の思想であって、病気や介護といった有事の前には、ひとたまりもないのか）

と、疑念にとらわれるときもなくはなかった。事にあたって、どこまで通用するものか、と。

が、介護はまだわからないけれど、少なくとも死につながる病を経験し、それまで考えてきたことは、いよいよ固まった。

自分のもともとの関心の持ち方が、告知からこの間を、いかに乗り越えやすくしていたか。

「生きるとは、日々の営みとみつけたり」と言っては、おおげさだが、私にとっての日常は、筋金入りとなったのだ。

がんを患ったからといって、別人のように生まれ変わるのではなく、これまでの延長上で、仕事をしたい。

退院後間もなく、がんになる前から取りかかっていた本の続きをはじめたが、スタンスは、まったく変わらなかった。再発リスクをめぐり、激しく揺れていたけれど、書くことには、みじんも影響しなかった。

自分を欺《あざむ》いているのではない。

がん患者であることは、まぎれもない事実で、目をそむけるつもりはない。が、同時に、それと対極にあるようなことにも、自然に集中し、思考や感受性を、生き生きと発動させている。それもまた、嘘偽りのない自分だ。

がんになっても、それ以前と以後との自分を貫く、ぶれない確かな線がある。

それが、私を私たらしめる「生命線」なのだ、きっと。

再発したって、いい。したくはないが、どうしようもない。

でも、私が私であるための、ひと筋の線は、守りたい。体の自由がきかなくなっても、心はこれまでと同じに、最期までのびのびと振る舞いたい。それだけは、譲れない。

そのための方法を探している。

代替療法の意義

代替療法という語を、さきに出したが、これは西洋医学で正統と認められない療法といおうか。

効いたという報告はあるが、科学的に立証されていない。何をもって「科学的」とするかも難しいが、評価を数値化できない、統計上の裏付けのない、実験室で再現のできない、ものになるかと思う。

新聞広告で一般の人にも知られる健康食品、食事療法、温熱療法、ウォーキングなどの運動療法、イメージ療法の他、気功や漢方薬などの東洋医学も、含まれるようだ。

それらを広く紹介する事典的な本を、読んでみた。

五百ページを超える大部の書を通してわかったのは、「どの療法も、絶対に効く、というものはない。絶対に効かない、というものもない。効く場合も、効かない場合も、ある」ということ。

私はいったい、どの「場合」か。

再発リスクをめぐってと同じ煩悶が、ここでもまた、繰り返される。効くパーセンテージ、効かないパーセンテージ、どちらに自分は入るのか。

しかも、無数というべき療法のひとつひとつに、確率論がつきまとう。順に試して、自分にとってのデータをとり分析するわけにはいかない。

患者として知りたいのは、「いかなる療法があるか」もさりながら、「自分には、どれが効くか」である。「効く」と保証されなくてもいい、どれを、より、試す価値があるか。

「四十歳？　虫垂にできた粘液がん？　リンパ節転移はなかったが浸潤していた？　すると経験的に、この療法が向くでしょう」と、選んでくれる、あるいは「この療法とこの療法となら、矛盾せず、かつ相補的な効果が期待できます」と組み合わせを提案してくれる人がいればいいけど、ないものねだりでしょうね？

要するに代替療法も、手術と同じで、それによって治るかどうかは「生きてみないとわからない」ということか。

「しばらく留守だったようだけど、旅行か何か？」

古い知人から、久しぶりに電話があった。

「はあ、ちょっと、よんどころない用事で……」

さえない声を出していて、突然、

「そうだ、ちょうどよかった！」

その男性も、四十代で進行がんの手術をした。人の病気のことは、ころっと忘れるが、胃を半分だったか三分の二だったか、切除したんだった。たしか、十年以上前。だとすると、りっぱに完治した、生還者だ。

「いや、実はこれこれで」

かいつまんで訳を話して、早速、会った。

彼は会社経営者で、しかも、がんになったのは、家を購入し、子どもも産まれたばかりという、シリアスな状況だった。にもかかわらず、代替療法に類するものは、何もしなかったという。病院でもらった薬も、飲んだり飲まなかったりだった。

「さすがに、お酒はやめてたけれど。まあ、その前から、飲んでもあんまりうまくなかったからね。酔うとすぐ吐いて、血が混じってたりして。あれがまあ、がんの兆候だったのかな」

そういうのは「兆候」とは言わない、れっきとした「症状」。

健康が何よりだいじの私は、

(血を吐きながら飲むか)

と呆れたが、手術後、彼が心がけたのは、断酒くらいらしい。

「よく他に、何もしないでいられましたね」

と、驚きを通り越して、感心すると、

「まあ、胃がんの場合は、食事の量の調節の方に、気をとられるから」

一回に少ししかとれず、それでもときどき、詰まったり逆流したりしていた。途中から、食べられる量がぐんぐん増し、その回復実感の方が、再発の不安を、上回っていたという。

「それに、何か特別なことをしようとしても、続かなかったと思うな」

胃がんを経験したくせに、また元のとおり、お酒を飲んでいる人である。

「僕は、ほら、岸本さんのように意志堅固ではないしね」

（えーっ、そんなテイク・イット・イージーでいいの⁉）

と拍子抜けする思い。がんもいろいろ、向き合い方も、いろいろである。

私はどうも、攻めに出るタイプでこそないけれど、真面目に闘病しすぎるようだ。それがわかっただけでも参考になる。

しかし、彼からは「意志堅固」と評されたが、私に言わせれば、何もしないで平然としていられた彼の方が、よほど強い。たいした肝《きも》だ。

弱い私としては、やはり何かしていたい。

数ある代替療法の中から、試してみようと思ったのは、気功と漢方だ。

気功の中でも、がんを患った気功の師が、伝統的な気功に改良を加え、ついに病を克服したものが、あるという。

調べたら、カルチャーセンターで講座があるとわかり、電話して参加を申し込んだ。

指導者は日本人で、もともと理数系の人らしく、その説明は、納得できた。

気功の中では新しいが、中国では百五十万人に実践され、うち百万人が、がん患者という。さすが、人口が多い国だけあってスケールも大きい。

受けに来ているのは、中高年の女性で、現在闘病中の人は、聞いた限りでは、いなか

った。健康に関心のある人たちだから、がんが話題になることも多く、

「四十代って、いちばん進行しやすいんですって？　検査でわかったときはもう遅くて、アッという間に死んじゃうんですって？」

と、当の本人の前で言われたりしたが、そんなことでいちいち「傷ついて」いては、がん患者はつとまらない。別に、私ががんと知って言っているわけではないし（だったら、すごいが）、進行が早いのは事実なのだし。

足が遠のいてしまったのは、もっぱら時間の問題だ。それと、体力かな。

いうまでもなく、気功は、実践してこそ効果が得られる。カルチャーセンターで、方法を教わるだけでは、何にもならない。

「どのくらいの頻度で行えばいいんでしょうか？」

と先生に訊くと、

「そうねえ、がんを治すためだと……いきなりたいへんなことを言ってもひるんでしまうでしょうから、まずは、朝と晩に一時間ずつ……」

それを毎日である。

はじめは助かりたい一心で、言われたとおりしていたが、しだいに、生きるために気功をしているのか気功をするために生きているのかわからなくなって、挫折した。

入院前よりがくんと落ちたキャパシティ内で、今までどおり家事もするし、病院にも通わなければいけなくなったし、医療費を稼ぐためにも、仕事は続けないと。気功のた

めに、それだけの時間と体力とを、割くことは、できない。

優先順位からしても、他にもっとしたいことがある。むろん、そんなことを言っていられない、差し迫った状況になれば、家事も何もかなぐり捨てるが、そのときの選択肢にとっておくということで……。

漢方は、友人の父親がかかっていたクリニックで、入院中、その先生の著書を読んでいた。

もともとは西洋医学を修めた先生で、大学病院にも勤務したが、母親をがんで亡くしたのをきっかけに、東洋医学を勉強しはじめたという。患者が求めるものを知っているであろうこと、西洋医学を否定せず長所と短所とをふまえた上で、東洋医学と組み合わせる、中西医結合を行っていることに、信頼感を抱いた。

退院後も、本を探して、さらに読んだ。それによると、先生のクリニックでも、初診時の進行度などにより、治らない患者さんもいる。漢方は、正しく使えば副作用のない代わり、効果が上がるまでに、時間がかかる。

が、その場合も、QOL（Quality Of Life　生活の質）の維持は可能だそうだ。

友だちのお父さんも、みつかったときすでに末期だったが、ふつうの生活を送ることができたという。それぞ、私の望むところだ。

クリニックのホームページで、

「手術後は、本来の免疫機能を回復し、再発を防ぐ絶好の機会です」

とあるのを見たときは、そこだけプリントアウトし、赤鉛筆で強く強く二重線を引いた。

「はじめてお電話差し上げます、これこれの手術をして、先生のご著書を読み、ご診察をお願いしたいんです」

耳学問で、「東洋医学は、病気を診るのではなく、人を診る」と聞いていたので、

（だったら、顔の色つやなんかもよくわかるように、お化粧なんかもしないで行った方がいいな）

と、ノーメイクで出かけていく。

基本は、脈診である。それに合わせて、生薬の処方と、食事療法の指導がある。

私は実は、食事療法があるがゆえ、先生のクリニックにかかるのを、いったんはあきらめたのである。手術後も「空腹」が試練となったほど、食い意地の張った私は、入院中、著書からそれを知り、

（私には、無理）

と。が、指導を受けてみて、がんの食事療法の中では、緩やかな方だとわかった。退院後、調べたところでは、生野菜と玄米だけ、とか、動物性蛋白質はいっさい排除とか、塩は抜きとか、厳しいものが、いろいろある。

ここでは、塩はむろん、選べば醤油も味噌も油も使えるし、魚だって食べられる。一般の本にある「大腸がんを予防する食事」とも合っている。家庭科で習った栄養学の分

類からいっても、まんべんなく摂れるようだし、遺伝子の歪みをもたらす危険のある、添加物はできるだけ避けるなど、常識的な部分も多い。

　保存料の関係から、使える調味料は、制限される。化学調味料や、市販のたれ等は、だめ。が、そうなったらなったで、かえって、

(ようし、それだけのもので、何が作れるか、やってみようじゃないの！)

　と、挑戦心をそそられた。

　調味料リストを手に、早速、注文。要らないものは、処分する。

　冷蔵庫の中は、急に見通しがよくなった。

(こうしてみると、まだまだ、なくてすむモノがあったんだなあ)

「健康にいい」食生活をしていたつもりの私でも、忙しさに、つい、化学調味料頼みで、素材そのものの味を忘れていた。

　調味料は、すべてのベースだから、外食はむろん、出来合いのおかずですますことも、原則、できない。どんなに疲れて、よれよれになって帰って来ても、自分で台所に立ち、だしを取るところからはじめるしかない。

　食事療法をはじめてすぐは、

(なんて、たいへんなの！)

　と音《ね》を上げることもあった。ただでさえ、キャパシティが減ったのに、すべてを一から作るなんて！　食い意地に、体力がついていかない。

でも、人間は、慣れるもの。それなりの段取りや、省エネの方法を、覚えてくる。しだいに、時間と手をかけずにすむ「簡単おかず」を考え出し、のみならず、レパートリーが増えていくことに、快感すら覚えるようになってきた。限られた条件下で、創意工夫をすることに。

もともと、こういうのは、私の得意ジャンルだったのだ。台所仕事が、ではなく、日々の中に、小さな目標と課題を設定し、それに取り組むということが。この療法は、私の性格と関心に、ぴったりとはまったのである！

たまたま同じクリニックに通う中に、前に仕事をいっしょにしたプロの料理人がいて、レシピを競い合うようになった。

「こういうアレンジを加えましたが、どうでしょう!?」

と意気揚々とファックスすると、シロウトの考えをあざ笑うような（？）コメントが返ってきたり。

料理を仕事とする人が、制限を受ける身になってさぞやショックであったろうに、はねのけるかのように次々と新レシピを送りつけてくるのには、圧倒されたし、おおいに刺激を受けた。

世の中には、肺がんになっても煙草だけは絶対やめない人がいるように、

「好きなものを食べられないくらいなら、死んだ方がマシ」

という人もいよう。それも、ひとつの考え方だ。否定はしない。

が、まだまだ生きたく、かつ、このての工夫が苦にならないばかりか、楽しめる私としては、食事療法で、張り合いを得た。

いついつまでと決め、その間を、がまんするのではない。これを機に、食生活の改革を進めるつもり。

何やら怪しげなことをはじめたらしいとは、周囲に少しずつ知られてきて、

「いつになったら、ふつうに食べられるの？」

「少しくらいなら、違反したっていいんじゃない？」

と言われたりするが、気持ちとしては、人に強いられたから、禁じられたから、しているのではない、自分の意志だ。

(すべては、体に返ってくるのだから、破るつもりはありません)

というのが、内心の声。でも、むきになって反論すると、それこそ、代替療法に「洗脳された人」とされてしまうから、黙っている。

結果的に、再発するかもしれない。それは、誰にもわからない。

でも、そうなったとしても、

「食べたいものもがまんしたのに」

「こんなことになるんなら、思うぞんぶん食べときゃよかった」

と、恨んだり、後悔したりしないことだけは、断言できる。それまでの日々を、

「私は努力している」

「能動的に生きている」

と実感して過ごせただけで、じゅうぶんだ。なすすべもなく、再発の不安、死の恐怖に脅えるしかない、精神的なつらさに比べれば、食事を作るたいへんさなど、何ほどのものか。

脈診のとき、そう報告すると、先生はにっこりして、

「生活に柱ができるでしょう?」

ほんとうに。それもまた、代替療法の意義だろう。

退院後何をするかの、方向性は、定まった。

この上は、がんの情報を集めることは、きっぱりと止める。迷っていては、きりがない。

がんの本も、もう読まない。新聞の「奇蹟」をうたう出版広告も、見ない。

それでいて、関係ない本の書名に「がん」の文字があると、瞬間的に視線が向いてしまうのだが。「がんばれ……」のように、「が」と「ん」が接しているならまだしも、「おかあさんの……」と、濁点なしの「か」と「ん」が一行に含まれるだけで、目が行くのだから、私の不動心も、まだまだだ。

私には、支える体制がある。

病の進行から、私を救い、手術後も一貫してフォローにあたる西洋医学。がんを抑え

る力と、生活面、精神面のよりどころを与え、治らなかったとしても、ＱＯＬは守ることが可能だという東洋医学。終末期を迎えたとき、行きたい場所も、入院中に、すでにみつけた。そして、告知からこの間の、心の主治医というべき竹中先生と先生のはじめたサポートシステム。

私は、無力に、孤独に、放り出されているのではない。

がんから始まる

無意味の刑罰

入院最後の晩は、ブラインドを開けていたと、さきに書いた。
(この夜景も、この夜限りで見おさめだ)
と、窓の外を飽かず眺め続けた。ベッド周りの手すりや、テーブルはむろん、古びたソファや、ロッカーだんすの剝がしそこねた粘着シールの跡まで愛おしく、いつまでも記憶にとどめておきたいと、ひとつひとつ、目にやきつけていたものだ。

ああ、それなのに、わずかひと月で、逆戻りしようとは。

十二月のある土曜の夕べ、都心のイタリア料理店へ出かけた。食事療法をはじめていたが、味付けが天然塩とオリーブオイルで、全粒粉のパスタのあるそこなら、そう逸脱しなさそう。

退院後、初の外食、しかも銀座とあって、めったに袖を通さぬツーピースなど着て、私としてはかなり気合いを入れたつもりであった。

食べているときから、

(胃が張るな)

と思わぬでもなかった。

地下鉄に乗る人と別れ、東京駅へと歩きはじめてから、はっきりと、痛みを感じた。もったいないが、タクシーで帰ろう。文字どおり、背に腹は代えられない。

少しでも早く家に着きたく、高速を使ったが、しだいに座ってもいられなくなった。この分では、吉祥寺までもたないか。とにかく、横になりたい。

(途中のどこか、新宿のホテルに行ってもらおうか。ああ、でも、夜の銀座で乗った女性が「ホテルのまん前につけて下さい」なんて、何かの商売と誤解されるか)

くだらないことを考え、気をまぎらわそうとしたが、苦しさはつのるばかり。これはもう、少し休めばおさまる、なんてものではないのかも。病院で処置を受けなければ危険な状態では。

「う、運転手さん、すみません、行き先を変更して下さい」

張り切って臨んだ初の外食は、銀座から元の病院に直行するという、悲惨なことになってしまったのだ。

夜間救急部のベッドの上でうめいていたら、当直の先生が来て、レントゲンを撮る指示を出す。

こっちはもう、ヤクでも何でもいいから一刻も早く打って楽にしてほしいのに、

（このありさまでレントゲン室まで行って、立ってレントゲンを撮れというの!?）

　と絶望的になると同時に、

（しかし、大学を出て、そう間もなさそうな若き医師が、患者がいかにじたばたしようが、まったくひるまず、「まず原因をつかみ、それに基づき正しい処置をする」という姿勢を、頑として崩さないのは、あっぱれだわ）

　と感心した。さすが臨床経験豊富な病院だけある。

　レントゲンの結果、胃が膨満しているとのことで、減圧処置をすることに。鼻から胃に管を通し、内容物を吸い出させるのだが、これが、術後の、胃液を取る管とは段違いに太くて、シェイクのストローくらいある。それを、入れていく苦しさと言ったら……。鼻水と吐《と》瀉物《しゃぶつ》とに、むせ返りつつ、ベッドを囲む看護師の、

「はい、ごっくん！　もうひと頑張りっ！」

　と、叱咤《しった》激励《げきれい》に合わせて飲み込むときは、お産のいきみもかくやと思われた。

　減圧処置は、てきめんだった。せっかく奮発したイタリアンだけど、胃の中の滞留時間は、三時間に満たなかったのではないかしら。

　やれやれ、これでもうひと休みすれば……と、ほっとしたのも束の間。腸を切って間がないから、腸閉塞《ちょうへいそく》の疑いあり、ということで、

「このまま入院していただきます」

　月曜に主治医が診て、腸閉塞のないことを確認するまでは、帰れない、と。

「ええっ!?」

またも絶望的な気持ちになった。火曜日からは、退院後初の出張である。受け入れ先やら同行者やら、たくさんの人のスケジュールを合わせ、宿泊も交通機関も予約ずみだ。キャンセルにより、かける迷惑を思うと、頭がくらくらしてしまった。退院後一ヶ月で出張なんて、無謀だったたか。

外食に出てきたかっこうのまま、何ひとつ持たぬ再入院となった。

入院生活のつらさというものを、このとき、はじめて知った気がする。

鼻から胃管をぶら下げたまま、二十四時間点滴の身に。むろん絶飲食である。

どこも悪くないから（?）、もう出たい。自分から大騒ぎしてタクシーで乗りつけておいて、痛みがとれるや、掌を返すように帰りたいとごねるのは、勝手ではあるけれど。

出張については、観念し、キャンセルと詫びの電話を入れた。が、その他にも、家に戻れば、したいこと、すべきことが、たくさんある。なのに、ただ、ベッドの上で過ごすしかない焦燥感。当直医しかいない日曜は、診察も検査もないため、月曜を待つ以外、することがないから、よけい、無為の感じが漂う。

「あの病気、あの手術でも、愚痴ひとつこぼさなかった人が、どうしたこと?」

月曜朝、電話する約束をしていた知人に、病室からかけたら、呆れられたくらいだから、私はよほど情けない声を出していたのだろう。彼女は前の入院のことを知っている。

「いやー、自分でも、こんなにめげるものかと驚いてるよ」

人間、どういう状況に強く、どういう状況に耐性がないか、ほんと、わからないものである。私の場合、何もしないでじっとしている、という状況に、これほど弱いとは。

前の入院のときは、がんを切除するという大きな目標があり、週単位でも小目標を設定したり、時間と体力が許せば、あれをしよう、これをしようと思うことを、それなりに準備してきていた。が、今回は、ゼロ。

どこも悪いところがないかどうかは、私ではなく主治医が判断することで、その判断をあおぐためにいるという「意味」が、あることはあるのだけれど。

月曜の午前中に、再びレントゲンを撮る。土曜のと違い、口から造影剤を入れて、一定時間ごとに、消化器内の通過状況を調べるものだ。

それは昼前で終わったのだが、午後になっても、出られそうな気配はない。点滴を取り替えに来た看護師によれば、退院許可は下りていないばかりか、今日もまるまる二十四時間点滴の指示が出ているとか。少なくとも今日の退院はあり得ない。明日は？　明後日は？

(病人一般のいらだちとは、こういうものか)

と実感する。わが身が自由にならない、自分の意志で行動できないもどかしさ。先のことがわからず、誰に問うたらいいかもわからず、また、

(医師も看護師も皆、忙しいから、あまりしつこく訊いては嫌がられる)

という患者特有の、卑屈な心理がはたらく。

病院全体が正確、かつ効率的なシステムで動いているとは、信じていても、

「もしかして、レントゲンの写真が、主治医のところへ回っていないのではないか。私のだけ、漏れてしまうこともあり得る」

との疑念がわき、それもまた、

「あのままレントゲン室の前で待ち、出来上がりを、自分で持っていくことになっていたのかもしれない。私に何か、理解不足と落ち度があったのでは」

と、自分を責める方に向く。非生産的な心的エネルギーの空費。

無為に過ごすことに耐え難く、時間に何らかの「意味づけ」をしようと、点滴台をひきずって、下の店から本を何冊か買ってくるが、まったく読書欲がわかない。文字を目でたどるそばから、

(今、すべきことは、こんなことではない。これはただ、自分をまぎらわしているだけだ。時間を「潰《つぶ》して」いるに過ぎない)

という思いがわいて、集中できない。

何で読んだのか「無意味の刑罰」というのを、思い出す。ある物をA地点からB地点に運ばせ、それが終わったら、B地点からA地点に戻させる労働をくり返し課すと、囚人は自殺する、と。労働の過酷さ、肉体的な負荷の重さよりも、自分のしていることに「意味を見出せない」という、精神的苦しみの方が、人間には耐え難いのだ。

だから、夕方、前ぶれなしに看護師が来て、

「もういいそうです」

と入れている途中の点滴を台から下ろしたときは、自分が閉じ込められている、見えない囲いを、ふいに外されたようだった。

「明日、退院だそうです」

呆然とする。こんな比喩が許されるなら、ラーゲリに刑期未決で収容されていた捕虜が、突然ダモイ（帰還）と告げられたかのような。

レントゲンによると、腸に一箇所、通りのスムーズでないところはあるが、今回のはそれと関係ない、急性胃拡張であるとの診断。要するに、食べ過ぎってこと？

土曜から火曜までのわずか四日間だったが、考えることの多い入院だった。

前にふれた、がん死した精神医学者、岩井寛が、最期まで「意味の実現」にこだわったわけが、わかる気がする。

岩井は、全身に及ぶ末期がんの中でも、口述筆記による著作を、やめなかった。何もしないで、苦しさとのみ闘っていることもできる。そちらの方が、あるいは、楽であるかもしれない。しかしそれでは「人間としての尊厳」を守りたいという「心」は満足させられないだろう、と。

がん細胞の転移がいつ脳細胞を破壊してしまうか、わからない。が、知性はまだ、覚《かく》醒《せい》の状態にある。その限りは、たとえ目が見えなくても、耳が聞こえなくても、身体が動かなくても「人間としての自由」を守り通していきたいのだ、と。

がんを患ってから、結末が死に終わる記録は、いっさい読まなかった私だけれど、そのフレーズは、たった今、岩井の臓器にメスを入れ、生き生きした血とともにほとばしり出てきたかのような鮮烈さをもって、よみがえった。

不確実性の中で

年が明けて、一月にもういっぺん入院した。

前日から胃の張る感じがあったので、食べる量を控えていたが、またも腹痛。今度は、家にいたときで、なんとかこのままおさまらないかと、六時間くらい苦しんでいたが、

(これはもう、がんが再発し、腹膜炎を引き起こしているのでは)

再発には、いくら何でも早すぎるが、がんが原因の虫垂炎を、それと気づかず放置して、早期発見のチャンスを逃してしまった「過去」が、私にはある。

先生によれば、再発ではなく、いわゆる腸閉塞でもなく、一時的な詰まりによるもの。手術後には、まあまあることで、しばらくは繰り返すかもしれないが、しだいに、頻度も、症状の程度も、下がっていくという。

ベッドから、前回と同じく、仕事先にキャンセルと詫びの電話を入れながら、さすがの私も意気消沈した。

(こんなことが続くようでは、あらかじめ日時を定めての仕事は、私には、もうできな

いのかもしれない）

他の仕事も、迷惑をかけないうち、辞退した方がいいのでは。

断りを入れねばならない相手を、頭の中でリストアップし、仮想の詫び状の文面まで、考えていた。

私は果たして、社会人としてやっていけるのか。受けられる仕事も、どんどん減って。それは即、経済的な行き詰まりを意味する。いったんは確立したかに思われる闘病の体制も、資金難では、続かない。今はまだ、保険金の余りがあるからいいけれど、再発しても、診断給付金は、二度は下りないのではなかったかしら。

がん保険の中に「診断給付金は何度でも」をうたい文句にしているわけが、こうなると、わかる。健康な頃は、「がん」と「何度でも」が、なぜ結びつくのか、ピンとこなかった。がんイコール死じゃないの？　と。あれは、再発、再々発にも備えた商品なのだ。

だったら、それに今からでも入ったら？　と思いますよね。でも、がんになると、その後何年間は、がん保険のみならず、一般の生命保険に加入できないのだ。それだけ、死ぬ確率が高いから。従って、住宅ローンも組めなくなる。ローンは、生命保険への加入が条件である。

保険というしくみを成り立たせるため、ハイリスクの者を排除しなければならない理屈（でないと、保険金の支払いばかり増大し、制度そのものが破綻する）はわかるが、心情としては、つらいものがある。
「あなたは近々死ぬ可能性が高いから、住宅を購入する資格はありません」
と言われているような。手術は終えて、退院したのに、がんである（であった）というだけで、家を買うという、市民としてのごく一般的な経済行為からも、疎外されるかのような。

自分でも、「長くは生きないかもしれない」という漠たる不安が、日々の買い物にも、微妙に影響しているのを感じる。耐久消費財は、特にそうだ。

例えば、私は食器洗い乾燥機の購入を、検討中である。食事療法をはじめて、食事作りに時間がとられるようになった一方、一日にこなせることのキャパは減ったので、その補塡と、体力のロスを防ぐため。

そんなときも、
（でも、何万かはたいて取りつけても、減価償却しないうちに、こっちの寿命が先に尽きてしまってはなあ）
と、消極的な考えが、ついついわく。

エアコンについても、同じこと。いい加減、耐用年数に来ているらしくて、しょっちゅう停まったりするのだが、いまひとつ買い替えに積極的になれない。

仮に、こっちの寿命が先に尽きたとしても、もったいないと感じる当人はもう死んでいるわけだから、「もったいない」も何もないのだけれど。

落ち込んでいるときは、家電製品どころか、食品の乾物などの賞味期限にさえも、（二年先なんて、私より長くもつかもしれないじゃない）と思う。

経済行為だけでなく、知的関心の向く先も、変わった。再発リスクを抱えてからは、（とりあえず、語学は、いいな）

と。前は、私もちょっとは「英語が喋れたらいいな」くらいの色気があり、「聴くだけで話せる」なるテープを買って、電車の中などで、若者のようにイヤホンを着けて聴いていたこともあった。

が、今は、そういう、習得までに時間のかかる、迂遠なものは、関心の対象外。それよりか、自分の仕事に専念し、必要なときは、通訳を付けてもらう方が早いな、と。

告知のときに冊子をもらった「ジャパン・ウェルネス」には、退院の翌日、入会していた。

送られてきた会報で、秋の一日「夢」を語り合った、というのを読んだ。

「夢」という言葉に、胸をつかれる。

私にとって「夢」って何だろう。

健康？　長生き？　再発せずに生きられること？　口にすれば、動揺しそうなことばかりだ。

それは、あまりに実現性がなさ過ぎるから、もっと具体的なことを挙げるとすると、手術の後、心に誓ったように、親の葬式を自分の手で出すこと？　でもそれだと、「夢」と言うには暗くないか？

夢は、かなえられると信じ、しっかりと胸に抱いて、その重みによって、進む足取りを確かにするものでなければ。今は逆。「夢」という言葉に、せっかく歩きはじめた私の膝は、もろくも頽《くずお》れそうになる。

「将来」とか「今後」といった語も、私には、禁句になった。人との付き合い上、それを話さないといけないこともあるが、何を言っても、そのそばから、

（でも、そもそも、将来と呼べるものが、私にはないかもしれないのにな）

と、力をそがれるような。

先々のことは、なるべく考えず、目の前のことに集中する。そうすることでかろうじて、バランスを保っているけれど、そうした自分のコントロールが利かなくなる日が、来るのだろうか。

基本は前向きの私だが、体調が悪かったり、疲労がたまったりすると、気が弱くなるときもある。すると、背後で待ちかまえていたかのように、「死」がすぐに、そばにしのび寄るのである。

私の思考は、次の回路をたどりはじめる。

①手術治癒率は三〇パーセント（直後に、五〇パーセントと言い直されたが、そうい

うときの私は、悪い方の数字を取る)。
②七〇パーセントは再発する。
③再発したがんは、基本的に、治らないといわれている。
④すると(この③から④へのつながりは実は、論理的正確さを欠くのだが、疲れているときの私は、そうと知りつつ放置する)、七〇パーセント近い確率で、私は数年以内に死ぬわけか。
⑤だったらもう、何をしてもしようがないか。
⑥でも、死なないかもしれないしな。

で、①に戻る、という堂々めぐり。

私はがんでも痩せなかったせいか、顔つきそのものは円満だから、(日頃の私と接する人は誰も、私がこういう、死と隣り合わせの虚無感を抱えているとは、想像だにしないだろうなあ)

と考えたりもする。周囲が、自分の思うとおりの反応をしてくれないからといって、恨みがましい気持ちになったり、被害者的な感情を抱くのは、筋違いだとするくらいの分別は、私にもある。そもそも何も知らせていないのだから、期待するわけもない。

なので、何も求めないが。

不確実性を、生きている。

信じることと、あきらめること。

希望と受容。

二つのバランスをとっていくのが、難しい。


再発率は、親にも言っていない。

「お父さんに説明できますか？」

病理検査の結果が出てからの説明の後、主治医に問われ、

「はい、できます」

と答えた私だが、まだ伝えていなかった。

夫婦と親子とは、また別かもしれないけれど、私にとって家族とは、「愛情」と「責任」を感じる相手であっても、

（いわゆる、闘病のパートナーではないな）

というのが実感である。その人を悲しませてはいけない、その人のために頑張らねば、とは思うけれど、不安を共有することは、望まない。

「それだけたくさんの先生方がついていて下さるなら、もう再発なんてことはないでしょう」

と、手術を受けた病院に加えて、漢方にも行きはじめたと報告したとき、父は言った。

私はうなずき、否定はしなかった。

定期的に受けている検査については、検査がある、ということすら話さない。検査したと言えば、結果が気になり、異常なしだったとしても、次はいつ検査？　となるのが人の情だ。自分以外の人ひとりを、不安に巻き込んだところで、検査結果が、変わるものでもないのである。

父が、がんに関する知識を、それほど有していなさそうなこと、いかなる不安や虚無感を、私が抱えているかを、知らないであろうこと。それが、私の孤独であり、同時に、救いである。

考えてみれば、私だって、父の胸のうちは知らない。母の亡くなったときとその後も、父を支え、父と協力して、事にあたったつもりだが、ひとりの高齢者が、伴侶を失くした孤独と悲痛を、どれほど分かち合えただろう。年をとるにつれ体が衰えていく不安、老いという、まさしく死に至る過程を、否応なしに進まざるを得ない恐怖と絶望を、どれほど理解していたか。

家族はひとつでも、ひとりひとり別の人間だ。それぞれに、違う課題を抱えている。強い絆で結ばれていても、人間には、たったひとりで向き合わなければならないものが、ある。生老病死は、まさにそうだ。

「がんになった人でなければ、わからない」

と言うつもりはない。たしかに、当事者にならなければ気づかないこと、実感し得ないことは、あろう。

が、それを言うなら、私だって、「娘にがんになられた親の気持ちは、わからない」。がんだけに限らない。何についてだって、そういう言い方はできる。「子どもを産んだことのない人には、わからない」「出産をあきらめなければならなかった人間の気持ちは、わからない」「医師にはわからない」「患者にはわからない」……。

それを言い出せば、がん患者どうしの間をも、徒《いたず》らに割ることになる。「若くしてがんになった気持ちは、わからない」「早期ですんだ人には、わからない」「化学療法を受けなかった人には、わからない」……。でも、そうした拒絶と分断から、何か生産的なことが、得られるか？

たったひとりで向き合わなければならないものが、人間にはあるけれど、それとは別のところで、つながりは成り立つはずである。

「今の状況は、執行猶予付きの死刑判決を、受けたみたいなものですよね。うまくいけば、このまま無罪放免だし、へたすると、おしまい」

古い知り合いで、がんになった人と、電話で話した。先日、病院でばったり出くわし、「こりゃまた、意外なところで」

「なぜ、ここに？」

お互い、がんだと打ち明け合ったところで看護師から呼ばれ、電話番号を交わしただけで、そのときは別れた。

彼も進行がんで、一般的に大腸より予後のよくない部位である。手術をすすめられたが、いろいろ考え、放射線で行くことにしたそうだ。

「でも、日本人の二人に一人と言われるけれど、街を歩いている人の二人に一人が、そんな、生死の問題を抱えているようには思えなくないですか？　実感としては、もっと少ない気がします」

「そうだね、僕の歳でも、やっぱりまだ、言うと、びっくりされるしね」

彼は、定年になるかならないかだ。

「統計ほど目につかないのは、社会を退いた高齢の人が、ひっそりと罹《かか》って、ひっそりと死んでいくケースが多いんじゃないかな」

「逆に、若いと進行がうんと早くって、周囲に葛藤を見せる暇がないとか」

患者以外の人が患者には言えないような、そんな会話もできたけれど、だがその後、彼と連絡を取り合うことは、絶えてなかった。

どうしているかと気にはなっても、患者どうしだと、かえって、

「自分なりに試行錯誤して、今の考え方や方法論にたどり着いたのだろうから、よけいなことを耳に入れ、乱すようなことをしてはならない」

という抑制がはたらく。がんは個別性が高いし、闘病姿勢はすなわち生き方、みたいなところがあるから、むやみに口出しできない。

放射線を受けるという病院とは別に、自分が通っている漢方のクリニックをその人にもすすめたいのだが、一〇〇パーセントということがあり得ないのが、がんだから「私

には合っているようです」くらいにとどめるほかないのだ。

がんの人は、周囲には少ない一方で、新聞の訃報《ふほう》にはなんと多いことか。黒い傍線を引いた氏名の脇に、がんという字が、載らない日はない、といえるほど。

退院後しばらくは、訃報欄を見るのさえ、避けていた。が、数ヶ月を経た今は、どこの臓器か、かかったのは何年かまで、目を皿のようにして確かめる。手術から再発まで、再発から死まで、何年と何ヶ月か。

再発したら、どのくらいの時間が残っていると考えていいか。平均値を探ろうとしている。

数字に弱い私だが、引き算だけは、達者になってしまった。

クリニックでは、生薬の処方と食事療法に加え、サイトカインの注射がはじまった。サイトカインとは、免疫担当細胞やリンパ球が分泌する物質で、生体の抗腫瘍反応を活性化するもの。よく顕微鏡レベルの映像で、正常細胞ががん細胞の周囲に取り付き、侵食しているものがあるが、ああした働きを促すらしい。ＢＲＭ（Biological Response Modifier）療法のひとつで、そうしたものも取り入れているのは、「中西医結合」のクリニックならではの試みか。

ビタミンの注射と交互に、週二回、ひと月にわたり、打ち続けた。

手術を受けた病院には、四週間にいっぺん通っているが、代替療法のことは話していない。

代替療法を、西洋医学で「認めていない」ということは、すなわち、西洋医学にとっては「存在しない」ことであり、患者が行っていてもいなくても、施す治療には何ら関係しないだろうと。検査の数値が上がったり下がったりの影響が出れば、報告するが、そうでなければ、限られた診療時間内に、話す必要もゆとりも感じられない、というのが、実状だ。

三分診療とは、まさにそのとおりで、あるとき、三十分間に何人の患者が呼ばれるか数えていたら、ちょうど十人だった。

一般に外科医は週に何人手術するのか知らないが、その五年ぶんが、アフターフォローのため通院してくるのである。物理的に、三分診療にならざるを得ないのだ。

その時間内に、患者にできるのは、何よりも触診を正確に行えるようにすること、質問に答えること、他に異常があれば報告すること、その三つでせいいっぱい。タイミングをはずしたら、それさえ全うできずに終わってしまう。

私のように比較的ものおじしない人間でも、呼ばれる前から、言うべきことを準備して、構えているくらいだ。

退院後はじめて、外来患者となったとき、

（ああ、あの三十分もかけて説明を受け、質問まで促された、医師との「緊密な時」を持てたのは、入院中のみだったのだな）

と悟った。これからは、この三分間に求めることのできるものと、できないものとを判別し、後者については、どこかよそに割り振るようにしなければ、と。

もともと、病院とは「心のケア」まで期待すべきところではない（診療報酬にもそのような項目はないし）と思っていたが、退院後、ますますそう考えるようになった。

一方では、やはり必要としていたのか。だからこそ、ある部分は竹中先生に、ある部分は漢方にと、退院後早々に「分担制」をしいたのだ。

ただ、忙しい診療の中でも、必ず触診があるのは、何ものにも代え難い安心感だった。いわゆる、数値だけ診る、のではない。

数値の方は、カーテンをはさんだ診察台で、私が準備する間、パソコン等で確認するのだろう。

「前回の検査は、異常ありませんでした」

と言いながら、腹部に軽く手を当てる。

「はい、ふくらませて。はい、小さーく」

外科医の手というのは、誰でも、こんなに柔らかく、繊細なものなのか。数値に表れない情報も感知する、センサーが埋め込まれているような。その温もりを感じると、

（何かがあれば、きっと見つけてくれる）

という心強さがわいてくる。体重を計るわけではないのに、一キロに満たないほどの増減を、触診から言いあてるのには驚嘆する。

四週間に一度の外来の日は、「私にはこの先生がいる」ということを、確認する日だった。同時に、自分ががん患者であることを、否応なしに意識させられる日でもあった。坂道をバスが上り、病院の建物と塀が見えてくると、頼もしいような、重い現実が目の前に立ちはだかるような、複雑な思いが、胸の中を交錯する。

それを、はねのけるためにも、病院には、なるべくおしゃれをしていくことに決めた。おしゃれと言っても、私の日頃が日頃だから、それでやっとお勤めの女性の「ふつう」くらいなのだけれど、

「どうせ、診察台で脱ぐわけだから、何でもいいや」

ではなく、一応、ジャケットなぞを着て。デートというものが、生活の中にない私は(?)、病院に行く前の晩が、ひと月のうちでいちばんいそいそと、服装を選ぶのだった。

手術から半年が過ぎた頃、竹中先生のところへ報告に行った。

先生は、二つの例を話した。

ひとつは、竹中先生の仲間の医師で、大腸がんを患った後、肺に一つ、また一つ、再び大腸、また肺、次は脳と、微細な転移再発をみつけては、そのつど切除や放射線治療を繰り返し、十年ちょっとの間に四回も手術しているという。

「手術また手術で、たいへんではあるけれど……」

「でも、それでも、生きられるってことですよね！」

思わず言った。再発したって、すぐに終わりではない。十年以上生きられることもあ

るのだ、というメッセージを、先生は私に送っている。

もうひとつは、別の人だが、先生への相談でよくある例だそうだ。手術が終わった後の治療法をめぐる迷い。その人は、ある方法をすすめられているが、いろいろ調べると、長期にわたって続けた場合、何十年後かにそれが、がんを引き起こすきっかけになる可能性もある、なので決断がつかない、という。

「目標を、どこに置くかですよね」

その話になると、何らかの反応をせずにいられない私は、つい口を挟んだ。

絶対に再発したくなくて、何が何でも平均寿命まで生きたいか。そういう目標の立て方も、あるだろう。

「でも、治ることだけ考えて、そのためのありとあらゆる情報を集めるばかりが、患者として前向きなことなのか、私は疑問です」

そう言ってから、

（すると、自分のめざすところは、もう出ているのか？）

と思った。先生は意識的にかどうなのか、いつも私に「気づき」を促す。

家に帰ってから、自分の願いを、優先順位をつけて書き出してみた。
①治りたい。これはもう、何といっても①に来る。
②それがかなわぬなら、いつか先生が言っていたように、慢性疾患としてがんを抱え

ながら、なるべく安定した体の状態のまま、できるだけ長く生きたい。
③それもかなわぬものならば、せめて心は今の安定した状態のまま、保ちたい。

しかし③だと、心と体の状態の間に、乖離《かいり》が生じる。それって、可能？心と体は、どこまで分けられるものなのか。

人の闘病記を読むと、化学療法を受けた人は、副作用の苦しみが、精神的にかなりのダメージを与えるようだ。自分のしていることが果たして意味があるのかどうかや、医療まで信じられなくなることもあるという。手術だけで退院した人は、医療との関係が、比較的円満というのも、わかる気がする。

はじめの告知より、再発を告げられたときの方が、はるかにショックだったというのも、何かで読んだ。

私もこれから再発するかも知れず、そのときは、過酷な治療になるだろう。あと何ヶ月と、余命を告げられることもあり得る。

それらの局面を迎えたとき、私は、今の私でいられるだろうか。

未知なる何か

半年が過ぎたあたりで、私は父にも、それとなく覚悟を促すことにした。再発の危険が、まるっきりなくなったと思っていては、いざというとき、衝撃が大きい。

パーセンテージを数字で示すつもりはないが、少なくとも再発というテーマが、過去のものになったのではないことを、現在もあることを、さりげなく知らせておこう。会話が、そのことにふれたのは、昼間、私の家に来て、駅まで送る道々だった。

途中には、小さな郵便局がある。

その玄関前には、いつからか男性の防犯係が立つようになっていた。現役をリタイアしたくらいの年代だ。体育の授業で先生がかぶるような、白い帽子を頭にのせ、「防犯」と書いた黄色い腕章を巻いている。

私はその人を、元小学校の教師ではないかと思っていた。通りすがりの人に「こんにちは」と声をかける、そのかけ方が、とても自然で、分け隔てがなく、眼差しにも澄んだものを感じさせる。きっと、児童の登下校のたび、正門に立ち、ひとりひとりを見守って、笑顔を向けていたのではないかしら。姿勢のよさも、そのことを思わせる。痩せ型だが、背すじはいつも、すっきりと伸びている。

夏の日も冬の日も、郵便局が開いている限り、そこにいる。一日に何時間も立ち続けているなんて、なかなかできることではない。

（きっと定年退職してから、地域のボランティアとして、この仕事を引き受けたのだわ）

自分の中で勝手にストーリーを作り上げ、尊敬の念を抱くようになった。それで、前を通るときには、なんとなく、頭を下げていたのである。

その日も、彼がいたために、

「こんにちは」

とお辞儀をし、父も私の知り合いと思ってか、帽子をとって、軽く挨拶するようにした。

過ぎてから、

「あの人は、第二の人生で……」

と、私が思う彼の「経歴」を話しながら、第二の人生という言葉から、自然に、先々の話に移れた。

「がんは、再発したら終わり、みたいに言われるけれど、それを言えば、脳梗塞《のうこうそく》だって心筋《しんきん》梗塞だって、二度めの発作は、致死する危険が高いしね」

母は、心筋梗塞の二度めの発作で亡くなっている。一度めの発作から数日間しかなかった。

「しかも、脳梗塞や心筋梗塞は、突然で、有無を言わせない、みたいなところがあるけど」

「それからすると、がんはまあ、いろいろな計画が立つぶん、人間的ではあるね」

私が続けようとしたことを、父の方から、先に言った。

それを聞いたとき、私は、

(あ、この人は、全部、わかっている)

と悟った。告知からずっと、私が何に立ち向かっているかを。再発の可能性も、それが、人間にとってどういうことで、何を考えさせるかも、すべて承知ずみなのだ。

それ以上、説明する必要はなくなって、再び「元小学校の先生」の話をしながら歩いた。再発の危険が、いささかも減じたわけではないけれど、私の心は清々《すがすが》しく、平らかだった。

「人間的」という表現に、救われてもいた。父は、娘ががんに命を奪われていくことを、必ずしも「非人間的」としてはいない。この先、彼より先に死に至るとしても、それまでのプロセスの方を評価し、乗り越えていってくれるのではあるまいか。

考えてみれば、この人も、若いとき不治の病を患っている。今の私の半分も生きていない、二十歳かそこいらで、結核になったのだ。

学業を中断し、東京の家よりは環境のいい、鎌倉の兄の家に転居して、当時出たばかりの、効くかどうかわからない新薬を飲むほかは、家にこもり、ひたすら療養につとめる他なかった。

向かいは小さな教会で、年とったフランス人の神父がいたという。かなりの高齢で、礼拝堂とひと続きの家に、ひとりで住んでいた。

すでに戦争がはじまっていて、居ながらにして敵国人となったため、行動を制限され、日本にいる存在理由である、神の教えを説くこともできなくなって、家の中で、祖国に帰れる日を待つばかりだった。

そのおじいさんのところへ、どういうきっかけからか、父はフランス語を習いにいっていたという。敵国人と親しく行き来するのは、問題なくはなかっただろうが、何といっても、向かいである。

鎌倉の家は、私も知っていて、以前その話を聞いたときは、

「あんな小さな教会に、昔はフランス人がいたのかあ」

くらいにしか思わなかった。

が、今、がんを患う身になって、そのときの話が、まったく違う意味合いを持って、思い出される。

治るか治らないか、わからない。戦争がいつまで続くのか、生きて再び祖国の土を踏めるのかどうか、わからない。先の閉ざされた者どうし、たまたま向かいに住むことになり、交流がはじまった。死に至る病を患い、学業をあきらめたとき、戦争がはじまって、少しずつ自由が奪われていったとき、その先に、新しい出会いが待っているとは、ふたりとも思わなかっただろう。アーベーセーからのフランス語だから、たがいに心通わすような、会話はできなかったかもしれないけれど。

進むべき方向性を失って、将来というもののあることを信じられない状況でも、世界は思いがけない何かを、人間に対し、用意する。

希望をなくしそうな状況でさえ、世界はどこかに、驚きと奇跡を隠している。命にま

つわることを含めて。

父は新薬が効いて、学業に復し、一方で、健康だった同級生のほとんどが出征し、還らぬ人もいた。老神父は、戦争の終わりまで生き抜いたが、祖国にはなぜか帰らずに、日本に骨を埋めたと聞いている。

がんは、自分の中にありながら未知であり、未知なるものへの畏れは、大きい。

入院前、治癒率を数字で示されたとき、はじめて私は、恐怖を感じた。

でも、未知なるものは、人を脅えさせるばかりだろうか？

いまこうしてここにいるぼくは、世界じゅうに何一つ所有しないぼくだった。

（サン＝テグジュペリ『人間の土地』新潮文庫）

砂漠のただ中に不時着したサン＝テグジュペリは、なすかたなく、夜空を見上げた。目の前に迫る、宇宙の広大、とてつもない深さ、底知れなさと、向き合って。

ぼくは、砂と星とのあいだに方途を失って、ただわずかに呼吸することの心地よさ以外には何ものも意識しない一個の人間でしかなかった……。

それはすなわち、手術後の眠りから醒めたばかりの、私だ。ベッドの上に横たわり、いかなる明日があるかも考えられず、酸素吸入器の下でただ、弱々しい息をついていた。あるいは、退院した最初の晩。天と地の間の闇に、たったひとり投げ出され、自分がどこまでもどこまでも小さくなっていくような不安に圧《お》しつぶされそうになりながら、黙って耐えている他なかった。

もう二度と、あの場所へは戻りたくない、戻らない。私の生きたい本能は、激しく拒否すると同時に、だからこそ、強いノスタルジーを覚える。なぜって、あの場所からははじまって、これまで遭遇してきたすべてが、記憶から消してしまいたい、人生からなかったことにしたいものばかりだったか？　そうではない、と言いきれる。

それればかりか、いくつかの瞬間は、至純、とさえ言えるものだった。今このとき、この気持ちを、忘れずに、胸にとどめておきたいと思うほどの。

ぼくらは、いずれも味わってきた、まるで思いがけなかった所で、世にあるかぎりの暖かい喜びを。

その喜びを与えた原因が、ぼくらの苦難であった場合、ぼくらは、その苦難までもなつかしいものに思うようになる。

砂漠のまっただ中に落ち、飢えと渇きに苦しむ三日間を過ごした彼は、奇跡的に生還する。いずれ海上で、飛行機とともに散る運命にあるのだが、だからといって、あのとき砂漠で果てたのと同じことだとは、誰が言えよう。

生きるとは、蓋然性の連続だ。限りなく確からしいとわかっていてもなお、予測のつかない領域がある。

「知ること」に対する、本能に近い欲求をもって生まれた以上、私たちはまったく知らずにいることはできないが、完全に知ることもまた、できないのだ。まさしく「生きてみないとわからない」領域が、常に常に残されている。

ぼくらを、豊富にしてくれる未知の条件があるということ以外、何が、ぼくらにわかっているだろう？

仮に一年後に再発し、遠からず死んでいくとしても、それまでの日々に、やはりたくさんの未知なるものが秘められているのだろうか。

それらが私に、何らかの感情なり思索なりをもたらし、私を豊かにしてくれる。そう考えて、いいのだろうか。

新しき者よ、目覚めよ！

がん患者と家族の精神的なサポートをする「ジャパン・ウェルネス」については、その後、新聞雑誌等で、設立の背景を知るようになった。

日本の臨床現場では、がん患者の心の問題は、ほとんどといっていいほど取り扱われない。対して、アメリカでは研究がさかんで、メンタルサポートが、心だけでなく体にもプラスの影響を及ぼすことが知られている。そうしたサポートが、がん細胞に対する免疫力を高め、治癒率や予後まで左右するかどうかの、科学的立証はまだじゅうぶんでない。「心理学が生理学に負ける」という状況も少なからずある。が、死は避けられなかったとしても、QOLの向上は、間違いない事実だという。メンタルサポートに関わる市民団体も、多い。

竹中先生は、自らががん手術を受けた後に読んだ本を通し、そうした市民団体のひとつで、アメリカでもっとも実績のある「ウェルネス・コミュニティ」と出会ったそうだ。外科医を退いてから、さらに調査、研究を進め、「ウェルネス・コミュニティ」の本部で研修を受けた上、その日本支部という位置づけで、二〇〇一年五月から活動を開始した。アメリカでは全額寄付で成り立っているが、日本版の方は、一般から寄付を募り、また会員からも五千円の年会費と二千円の入会費を集めているものの、まかなえず、竹中先生が私財を投じているのが、実状らしい。

中心となるプログラムはサポートグループ。患者どうし、あるいは家族が、少人数のグループになり、心理学や看護学の専門家二人を進行役に、話し合う。通常、週一回、三ヶ月をひと区切りとする。立場を同じくする者との、対話や情報交換により、孤独感から解放し、病に前向きに取り組めるようにする、グループ療法のひとつである。

手術を受けた病院と、円満な関係にある私でも、西洋医学の枠内では、あるいは日本の医療制度の中では、心理面を含む総合的なフォローは期待できないと感じてた。なので、退院後早いうちから、それ以外のものも取り入れて自分なりの体制をつくってきた。免疫力、QOLといった、進行がんの患者にとってもっとも関心のある言葉に出会えたのも、東洋医学のクリニックのホームページだったのだ。

そればかりか、新聞には、患者にとって病院や診察そのものが、ストレスになる例が、しばしば載る。抗がん剤の副作用に苦しみ、QOLのためにも他の薬に替えることを検討してほしいと頼んだら「死んだら、QOLも何もないでしょう」と言われたとか、それはそれはもう、読んでいるだけで憤りを感じる例が。ああなると、心の問題だけでなく、治療法の選択にも影響しよう。「ジャパン・ウェルネス」で、アメリカにはないプログラムとして、セカンド・オピニオン相談を設けているのも、日本の医療の現場におけるコミュニケーションの実状からして、うなずける。

家族だけのサポートグループが必要なのも、わかる。患者とは共有できない悩みがあろうし、ある面で、患者以上にストレスフルだ。患者は当事者だから、がんについて、どんな受け止め方をしようと自由だが、家族には、それがない。患者ががんについて言うことが絶対となり、反論も、感情を表わすことも許されず、パートナーまたは共同体であるべき家族が、支配―被支配関係になってしまう。

さまざまな条件に恵まれていた私も、心はやはり、ときに揺れた。

病の進行は階段状だが、心の動きは、波状である。あるところまで到達でき、「これで行けるか」と思っても、再び落ち込むことを繰り返す。

何がそのきっかけになるか、わからない。

たとえば私は、週に二回、漢方のクリニックにサイトカインの注射を受けにいっていたときは、つらいとも何とも思わなかった。

(薬と食事療法だけでは、がん細胞の増殖に追いつかないくらい、私の状態は、悪いのか)

などと悲観することもなく、ただ、言われるとおり通っていた。

注射が功を奏してか、先生の言う「免疫機能の質」は整った。そう告げられたときは、

(おお、これで、数ヶ月といわず、数年先の人生も考えてよくなったのかも)

と、気持ちはさらにアップした。

が、数ヶ月後、免疫機能の「質」ではなく「量」の方、パワーの方の上がり方が、いまひとつ遅いと知って、急にダウンしてしまったのだ。

(私にはまだ、がんと闘う力はないのだ)

(がん細胞の増殖が早かったら、今のままでは負けてしまう)

(私にできることは何？　食事療法を、さらに厳密にするくらいしか思いつかないが、

今だってほぼ守っている。そんなに、狭い狭い幅の上を行かないと、がんとの拮抗《きっこう》が保てないほど、私の健康は、際どい線に成り立っているのか)

先生は別に、その日に限って、厳しい見通しを述べたわけでも、何でもない。常と変わらず、

「回復しつつありますよ」

「引き続き、上がっていますよ」

と評価的なコメントで、数値だって、けっして後退してはいないのである。なのに、

(何で、こんなにめげるのか)

と、そのことに、さらに愕然とする。私はもっと合理的な人間ではなかったか。

私の明るさは、こんなにも脆《もろ》いものだったのだろうか。

精神力が強いのでも、真に心が安定しているのでもなかった。病に対し、たかをくっていただけだった。今までの気持ちの張りも、単なる楽観主義でしかなかったのだ。

死が隣にしのび寄っているような虚無感が、数ヶ月ぶりに戻ってきた。何をするにも、

(でももう、あんまり長くないかもしれないし)

との思いがつきまとい、将来を考えるのに力が入らないという数ヶ月前のレベルまで、再び落ちてしまった。

(再発したわけでもないのに、こんなことでは先が思いやられる)

と呆れるけれど、どうしようもない。

私の心は、例えばこんな文章に、強く共振してしまう。

その日を境にして、私は別の世界に行ってしまったようだ。時間の単位が違ってしまった……その日から、何もかもが変わってしまったのだ。

多田富雄さんの「オール・ザ・サッドン」というエッセイだ（「一冊の本」二〇〇二年六月号、朝日新聞社）。多田さんは、世界的な免疫学者である。ダンディで外国語を操る一方、伝統文化への造詣も深く、能の創作をてがけたり、自らも舞台で鼓を打ったりすることで知られていた。

国際学会を前にした、二〇〇一年の五月、脳梗塞で倒れ、右半身の自由と声とを失った。立つことはむろん、利き腕が使えなくなったので、字を書くことも、発語さえもできない。すべてがオール・ザ・サッドン、まったく突然に。

その前日の一齣《ひとこま》でさえ今とは違う……私は何気なく赤葡萄酒を飲んでいる。軽やかに話しかけ、無頓着に笑っている。あの顔は紛れもない嘗《かつ》ての私のものだ。懐かしくて涙が出そうだ。

私は鼓を打っていた。「卒塔婆小町《そとばこまち》」の能の聞かせ所だ。玄人でもこんな音は出ないといわれたほど美しい音だ。もう二度とその音を聞くことはできない。

私は体も動くし、話もできるけれど、病を知らないあの「失われた日々」への憧憬は、まるで自分のことのように感じる。がんになる前の日々は、手の届かぬ向こう側に去った。懐かしい、と言う他はない。

でも、多田さんのその思いを、私がこうして文章として読むことができているのは、リハビリをはじめたからだ。どうにか自由になる左手で、ワープロを打つようになったという。

さわったことのない機械で、わからないところを口で質問することもできないから、習得は困難を極めたそうだ。

生物学者らしい視点で、彼は考える。いったん死んだ神経細胞が、再生することはあり得ない。機能が回復することがあるならば、元に戻ったのではない。未知の新しいものが、生まれるのだ。

自分がもしも、一歩を踏み出すことがあるとしたら、何者かが、自分の足を借りて歩き出すのである。今はまだ弱々しくうごめくだけの存在だけれど、無限の可能性を秘めている。

心の中で、まだ知らぬそれに向かって、彼は叫ぶ。新しき者よ、早く目覚めよ！

「鈍重な巨人――脳梗塞からの生還」（「文藝春秋」二〇〇二年一月号）というエッセイに

は、そういった内容が書かれていた。

行動療法の試み

かつて読んだ本の中では、森田療法に関するものに、私は注目していた。精神療法のひとつで、いくたびか例に出した岩井寛の遺作の題名ともなっている。

神経症の患者を多く、治癒に導いたが、特徴は、患者の訴える、不安や恐怖を、あえて除去しようとしないことだ。不安や恐怖は、あるがままにし、目の前の、なすべきところの事をなす。入院患者であれば、掃除などの軽作業を課す。

「ふつう」の行動をしていれば、心もおのずとそれにつれて、健康人としての、自然な律動を刻みはじめる。「外相整いて内相自ら熟す」。一種の行動療法といえようか。

その考えには、がんになる前から、なるほどと思うことが多く、約《つづ》めて「外相整わば内相従う」と書いた紙を、机の引き出しに入れ、座右の銘としていた。

感情がもともと波状ならば、下がったものは、いずれ上がる。わけもなくめげたときは、落ち込みをなるべく放置したまま、日常生活を「ふつう」にこなすことにした。

考えてみれば、退院してから、ずっとそうだった。再発をめぐり煩悶を繰り返しつつも、仕事や家事は、それとは無関係に続け、あまつさえ、通院時のおしゃれにも、精を出していたのである。自分で自分に行動療法を試みていたといえようか。

が、それがために、サポートグループの方は、せっかくそういうものがあるのに、参加しないできてしまった。

父には、家族のグループに行くようすすめ、あの人は素直だから、出るたびに、

「まあ、いろいろな人がいる、この歳になっても、ほんと、勉強になる」

と言っているのに、それでもだ。

患者が特にサポートを要するのは、退院後半年くらいまでだそうだが、私の場合、八ヶ月も過ぎている。

退院してすぐは、手術を受けた病院、漢方、気功と、あちこち行っていたから、どうかすると週三回、がん関係で外出する。その上サポートグループが加わると、私の日々は、がんだらけだ。それこそ、がんが頭から離れない状況になる。

がんのことを考える時間を、なるべく少なくしたい。

気功の講座で、誰かの知り合いのがん患者の話になったとき、先生の、

「そうね、気にしない、という方法もあるわよね」

というコメントを聞いて、

（至言だ！）

と思った。闘病は、何も総力戦で攻めていくばかりが能ではない、「気にしない」という方法で乗り越える選択もあるのでは？　それがため、講座に行かなくなってしまったから、先生には悪いのだが。

私が何より恐れるのは、鬱《うつ》になることである。

これまでは、少々落ち込んでも、我流で森田療法をあてはめたり、「これは、心がめげているのではない、単に体が疲労しているのだ、体の問題は、体にはたらきかけるべし」と、むちゃくちゃ甘い物を飲んで血糖値を上げたり（?）、強引に元に戻してきたが、そうした力わざが効かなくなる、そもそも力わざをかけようと思えなくなるのが、鬱だろう。

告知以来、ほとんどずっと前向きできたが、実は一種の躁状態で、この先いつ、鬱に転じないとも限らない。今までが不必要にハイテンションだったぶん、反動も激しくて、再びは立ち直れないこともあるのでは。

自分を律する欲の強い私には、おのれの心が制御不能に陥るなんて、想像を絶する事態であり、再発以上の恐怖だった。

サポートグループへの参加をためらうのは、そのせいもある。がん患者どうし集まることの、プラスの影響はわかるけれど、それよりも、マイナスの影響の方を、私は恐れた。何がきっかけで、鬱への揺り戻しが来るか、予測できない。わずかでもリスクになり得ることは、なんとしても避けたい、と。

「サポートを要さない自分でありたい」みたいな、頑なさもあった。自立と支え合いとは矛盾しない、サポートを受けるイコール依存ではないことが、私にはまだ理解できていなかったのだ。

後で振り返ると、この、

「いつか、鬱になるのでは」

「そうならない体制を、精神的な余力のあるうち、前もって固めておかねば」

と考えていた、退院後八ヶ月くらいが、実はいちばん底だった。その底も、いつか脱していたのだが、自分では気づかなかった。

サポートグループへの参加

夏のある午前中、日の高くならないうちに草むしりと水まきをすませた私は、すっきりとした庭に光がさし込み、濡れた木の葉が生き生きと輝くさまを、窓の内側から眺めて、大満足だった。

(なんて、きれいなんだろう！　こんな気持ちのいい朝は、そうだ、美しい音楽が合う)

と思いつき、コーヒーを入れながら、ラックにあったCDをかけた。クラシックの名曲を集めた、ヒーリングCDだ。

実に久しぶりである。

たしかこれは、入院に持っていくつもりで準備し、試しにちょっとかけてみて、

(あっ、これは、涙腺のゆるむ恐れあり！)

と、危険物でもあるかのように、さっさとしまい、以後けっして耳を傾けることは

なかった。

それが、気がつけば、アリアが流れる部屋の中で、悠然とコーヒーなんか飲んでいる。のみならず、

(オペラもいいよなあ。ほとんど知らないけれど、また行きたいなあ。LDもほしいし。そうだ、まだまだ死ぬわけにはいかない)

なんて思っているのだ。

(これってもう、私は、だいじょうぶなんだ)

と、発見した。音楽を聴いても、動揺しない自分になっている。

(サポートグループにも、出てみようかな)

自然に思えた。告知からこの方、「私」という例に即してしか、ものを考えてこなかったけれど、何も自分がとっている方法が、唯一でもあるまい。

その気になれば、行動は早い。電話で申し込み、近々はじまる消化器のグループに入ることになった。

手術から十ヶ月経っていた。

マンションの一室にあるカウンセリングルームで、進行役(ファシリテータというらしい)二人を交え、円形に並べた椅子に、腰かける。出席者は六人。大腸、胃、食道にがんを持つ患者で、私を除き女性二人、男性三人、平均年齢は六十歳くらいか。

初回は、自己紹介から。名前と病気の経過などだ。勤務先や役職など、社会生活にお

ける属性を捨象した、一個の患者になるわけである。

そこで話された内容は、部屋を出たら忘れることになっているので、具体的な事例は挙げられない。が、誰かの自己紹介で「便通」の話題が出たときから、私はもう膝を打って、深く深くうなずいてしまった。

消化器を切ってしばらくは、程度の差はあれ、便通のコントロールが難しくなる。その人は会社員だが、駅ごとにトイレはどこか、改札の内か外か、ホームなら何両め付近かまで、頭に叩き込んでいたという。私も通勤こそしていないが、ふだん買い物などに行く、徒歩十分圏内の店でも、それぞれのトイレの位置や、温水洗浄器付き便座の有無まで熟知していた。

病気を公表していない私にとって、便通問題は、文字どおり「人知れぬ苦労」だったが、同じ話を、別の人の口から聞けようとは。がんにまつわる悩みの中では、きわめて形而下的なものであろうけど、

（患者どうし「共有」するとはこのことか！）

それだけで、すごく高揚してしまった。

はじめる前、進行役から、サポートグループの狙いなどについて、説明を受けた。その中で「ここではストレスを発散し……」と聞いたとき、ちょっと違和感があった。

私はストレスを感じていない。そりゃあ、何たってがんだから、ストレスが「ない」といっては不自然だろう。が、感じないでいるものを、わざわざ意識下から取り出すの

は、「外相整わば内相従う」でここまで来た、十ヶ月間の実践を無に帰する、後ろ向きのことになりはしないか。

けれども、便通の話に膝を打ち、朗らかな笑い声を上げている私は、まさしく、解放されているのだ。この間の私が、がん患者としての自分を抑圧して、明るく「ふるまっていた」とは思わない。というより、明るくふるまえることが、すなわち、明るさなのだから。あのときはあのときで、嘘偽りない私だった。私は、行動上の自分と、いわゆるほんとうの自分とを、分けて考えない人間なのだ。でなければ、「外相整わば内相従う」は成り立たない。行動、即、人である。

でも、今、この場で、がんを当たり前の話題にしている解放感は、かつて経験のないものだ。日頃の社会生活においては、

(この前笑ってしまったあの話をしたいけど、それには、前提として、がんであることを言わないといけないから、相手がひくな)

とか、

(緊張させてもいけないし、雰囲気も悪くなるから、やめよう)

といった常識がはたらくので黙っているが、

(自分としては別に、がんを隠したくはないのだ)

と、よーく、わかった。

むしろ、がんにまつわるあれこれを、日常のその他のできごとと同等に扱うほど、特

別ではなくすことができる。私はがんに特別の地位を与えたくない、がんが私に対し支配的にふるまうことを許したくない、のである。食事療法は別として、それ以外で、自分がなぜ、これほどまでに「ふつう」にこだわり続けるのか、そのわけも、わかった気がした。

また、話を聞いていて、同じがんというテーマの中でも、患者それぞれで、なかなか先に進めないでいるところと、あっけらかんと突き抜けているところとがあるのも、知った。

例えば、生活上の指針はまだ模索中の人が、医師とのコミュニケーションは、驚くくらいざっくばらんだったり。私で言えば、これほど、ああだこうだ理屈をつけないと気のすまない人間が、「なぜ、私が、がんに?」という問題だけは、まったく意に介することがなかったのだ。

そうした偏りようが、人によってまったく違う。

異質性の再認識というか、

(人は同じでないからこそ、出会う意味があるのだな)

と改めて感じた。

例によって私は、サポートグループ参加にあたっての目標を立てていた。

①今後、どんな局面を迎えても動じない、心の体制づくりをする。

②希望と受容。あきらめずに完治をめざすことと、治らないのを前提に生き方を再構築すること。二つのバランスを取る。

③心と体の関係。体の状態が悪くなっても、心はいかにしてこのままの状態でいられるかを、探る。

出席者には、再発転移、さらに新しいがんができたという、重複がんまで経験ずみの患者もいた。その人の、

「期待しては裏切られることが何回もあったから、次もまた、手術はあるものと、それに備えて、今は体力をつける期間なのだと、思っている」

との言葉には、そのように考えるに至った、心の「歴史」が込められている気がした。

私はその人が、度重なる試練に、そのつど、どう立ち直ってきたのか、知りたかった。

彼によれば、国立がんセンターのホームページに、大腸がんは、肝臓や肺に転移していても手術可能な時期であれば、完治が望める、という記述を発見し、つらいときは、パソコンで、その数行を読み返し、心を落ち着かせていたそうだ。また、がんに関する本もたくさん読んで、その中から、自分にとってバイブルといえる本を見つけてきたという。

（そうなのか）

彼の話は、深く腑に落ちた。

がんの薬に一〇〇パーセントがないように、心の危機を乗り越えるための、万人に効く「処方箋」など、ないのだ。

生まれてこのかたの精神生活、ものの考え方や、本を読む人なら読書経験などの中から、自分で探す他はないのである。

(私にとって、バイブルって、何だろう)

家に帰って、本棚を、そういう目で眺めてみる。

宗教学者として、自らのがんを十年間にわたり凝視し続けた岸本英夫の『死を見つめる心』(講談社文庫)のような、結末で死で終わる本も、今の私はもう読める。

多田富雄の、その後に出た『懐かしい日々の想い』(朝日新聞社)の次の文章も、強く印象に残った。

　私は体が麻痺してから、昔の自分とは違う自分が生まれつつあることを感じている。それは鈍重な巨人のように、ひどくゆっくりと少しずつ姿を現わそうとしている。私はいま彼の苦しそうな胎動を感じている。

「新しき者」は、確実に育っていて、目覚めの時を待っている。

森田療法の本には、やはり、うなずけることが多い。

「不安常住」。不安は、人間の心の客観的な事実だから、これを否定しようとせず、ありのままに認めるところにこそ、安心立命の境地がある、という言葉は、禅問答のようではあるけれど、私の胸を、たしかに打った。

サポートグループに出ている途中、作家の日野啓三さんの訃報に接した。

一面識もないけれど、何かの記事で、十年も闘病を続けていて、入退院を繰り返しては、そのつど仕事に復帰していると知り、

（再発しても、あんなふうに生きられるんだ）

と、ひそかな励みとなっていた。

が、ついに力尽きたのか。

故人と交流のあった人は、

「よく頑張ったよ」

と言い、その言葉を捧げるべきなのだろうけれど、私は悔しく、悲しかった。同時に、がんという病気の厳しさを、改めて思った。手術から、もうすぐ一年になろうとしている。

あるとき、書店で、V・E・フランクルの『意味への意志』（春秋社）という本を見た。フランクルはウィーン生まれの精神科医、思想家である。

ナチスの強制収容所にいたときに、極限状態に置かれた人間が、高い精神性を示した数々の行いに接し、人間精神の源にはたらきかけるロゴセラピー（実存分析）という心理療法をうち立てた。収容所の体験を綴った『夜と霧』（みすず書房）は、二十世紀にお

ける、世界的ベストセラーとなっている。

『意味への意志』というタイトルに、ひきつけられた。意味も意志も、この間ずっと、頭にあった言葉だ。

帰ってから、同じ内容をわかりやすく書いてある『それでも人生にイエスと言う』（春秋社）と併せて読んだ。

それは、私にとって、この一年間に考えてきたことの、総まとめともいえるものだった。

生きるとは、人生が絶えず私たちに出す問いに、答えていくこと。現在は、その瞬間瞬間に、新しい問いを含んでいる。

フランクルは、こんな例を引く。

無期懲役の刑を受けた者が、囚人島に送られるため、船に乗る。もし誰かが、そのときの彼に、あなたにはまだ生きる意味があるかと尋ねたら、囚人は首を振らざるを得ないだろう。が、船は沖で火災を起こし、いましめを解かれた彼は、十人もの命を救助した。

どのような未来が、どのような問いに答える一回きりの機会が、自分を待ち受けているのかは、誰にもわからないのである。

「この先、どんな局面に立たされても動じない、心の体制づくりをしたい」

と私は思った。それを求めた一年間だった。でも、ここに至って、目標の設定そのものが、間違っていたと知る。

あらかじめ固めておいて、「完全」といえる体制など、ない。

次の瞬間、この次の瞬間にも、新しい何かが私を待っていて、そのつど人生が提示する問いに、全存在をかけて、答えていかねばならないのだ。希望と受容、心と体の関係も、その中でずっと、模索し続けることになろう。

人生は常に、あらゆる状況において、何らかの課題を私たちにさし示していると、フランクルは言う。そして私は、課題があるということが、これまでだって、けっして嫌いではなかったではないか。

人間の「自由」についても、フランクルは言及する。

変えることのできない、どちらを向いても絶望的としか思えない状況でも、人間には、運命に対してどのような「態度」をとるかという自由が、ある。

病が進行し、仕事などの「活動」を通しての、創造的な価値実現は、あきらめなければならなくなっても、読書や音楽を聴くといった、ベッドにいながらの受動的な「体験」を通しての価値実現さえ、かなえられなくなったとしても、人間はなお、自分のおかれた状況に対する「態度」によって、何らかの意味を実現することができる、と。

私も、いつ、どのような最期を迎えるかわからないけれど、願わくは、命ある限り、意味の実現をめざしたい。

今も覚えている。

手術台の上、緑色の厚いおおいの下で、硬膜外注射の針を刺すため、身に着けているものをはずし、横を向いた。

この世に生まれてきたときと、まったく同じ、何もまとわぬ姿となって、背中を丸め、膝を抱く。

(胎児の姿勢のようだ)

と、感じた。

やがて、麻酔から醒めたとき、腹腔内の腫瘍を切除されたあとの自分が、いた。

何かを産んで、何かが生まれた。

それまでの自分との間に、断絶があるとは思わない。私は、私だ。がんによって、変えられる者ではない。そこまで、がんを認めない。

がんを、気づかずにいたものをもたらす、天からの授かり物のように言う人がいる。

私はそうも、思わない。そこまでがんを、受け入れない。私はまだ、そうしたロジックで、がんを肯定したくはない。

でも、あのとき、取り出された腫瘍と入れ替わりに、私の中に宿った何かは、少しずつ育っている。

何に成長していくかは、わからない。私の内なる、未知のもの。

生きる意志？　そう、今はその姿をとっている。私の生は不確実だが、生への意志は、確かに脈打つのを感じる。

手術から五年過ぎたら、再発の可能性は、低くなる。そのときが、私に来るかどうかは、誰も知らない。生命の導くままに、行くだけだ。でも、もし五年後のその日が来ても、私の中に宿った何かは、消え去ることはないだろう。治ったとしても、がんとの関わりが終わること、がんと完全に別れることは、ない気がする。

どんな経験も、出会う前と、まったく同じ人生に、人を戻すことはない。がんも、そのひとつ。生きる上で遭遇する、あまたの人やできごとのひとつ。それらの総体が、「自分」をかたちづくっている。

救われた命を抱いて、これまでと同じ延長上を進む。がん以前と以後とを通し、私を貫く一本の線を、中心軸に。

未知なるものは、ときに私を畏れさせるが、投げ出さない。未知なるものがあるからこそ、死ぬまで、人は生きるのだ。

あとがき——言葉にするということ

手術から、二年近く経つ。

この間、がんを患ったことは、公にしないできた。虫垂炎と語ったこともある。

そのことをまず、読者にお詫びする。

文章中、入院先をはじめ、治療を受けている病院や医師の名は、出していない。医師には、患者である私に、話していないこともあろう。私もまた、すべてを理解しているとは限らない。なので、ここに書いてあることで、治療を判断されてほしくはないとの思いがある。

ただ、竹中文良氏については、著作をしばしば引いていることから、実名にした。

がんについて書きたい気持ちがふくらんできたのは、手術後、八ヶ月ほど過ぎてからだ。

しかしまだ、葛藤があった。

別のテーマのエッセイを執筆しているときは、がんのことは、まったくと言いきれるほど、忘れている。その間だけは、頭からいっさい、なくなるのだ。

その逆で、がんについて書きはじめれば、来る日も来る日も朝から晩まで、そのことばかり、考え続けることになる。それが自分の心身に、いかなる影響を及ぼすのか、計りかねた。

「自分にとって終わっていない、現在進行形の問題を、書く作業にのめり込んでは、鬱になるのではないか」

との恐れがあった。

一方で、こうも考えた。

この本に、とりかからないうち再発し、書くことができなくなったら、取り返しのつかない後悔になる。

再発したら、急速に進行することも、年齢的にじゅうぶんあり得る。

「私には、キーボードに向かえる時間が、あとどれだけあるかわからないのに、できるうちにしなくて、どうするのか」

迷う背中を押すことになったのは、たまたま読んだ、本の中の言葉だ。荒川洋治さんの『日記をつける』(岩波アクティブ新書)である。

ひとつの気持ちを文字にするときには、人は自分を別の場所に移しているものだ。

はじめてみれば、まさにそうだった。検査から、告知、入院と進む中、そのときどきの自分にとって、何が課題で、それについてどう感じ、考えてきたか。心はいかに変遷してきて、何はずっと変わらなかったか。あきらかになるのを感じた。

私にとっては、鬱になる方向とは、まったく逆にはたらいた。書くことの「効用」と言おうか。現在進行形の出来事ではあっても、文字に定着していくことで、自分にとって、過去のことにできるのだ。

書いている何ヶ月間かは、

「これを終えるまでは、絶対に再発したくない」

と念じていた。

がんで死ぬのはむろんのこと、交通事故も、往来で角材が倒れかかってきて後頭部を直撃、なんて死に方も、許せないと思っていた。告知を受けた帰り、何が何でも命を落とすまいと、道を渡るごとに車を睨みつけていた、あのときと同じように。隕石だって、「私の上にだけは、間違っても降ってくるなよな」と。同時に、書き終わるのが、怖くもあった。なんとしても為し遂げたい目標を達成してしまったら、張り詰めていた精神状態が、いっきに緩み、病に対し、受容的になってしまうのでは、と。

それについても、支えとなったのは、ある人の言葉である。

サポートグループに出ていたときのこと。

「死」が話題になったとき、私は言った。

自分には、これからはじめるつもりでいる、どうしても実現したいことがある、と。

がんについて書きたい気持ちは固まっていたが、まだ、とりかかってはいなかった。

実現には、半年くらいかかると思うけれど、それまでは、私は死ぬわけにはいかない、と。

すると、同席していた年かさの患者の男性が、即座に、力強く言ったのだ。

そういう人には、それが終わっても、次、また次と「これをするまでは、死ぬに死ねない」という目標が、必ず出てくるから、だいじょうぶ。

その言葉を今も、胸に刻みつけている。

第三部（文庫版あとがきに代えて）

四年を生きて

「病は気から」は真実か

——ご無沙汰していますが、いかがお過ごしですか。こちらはマラソンの日を控え、緊張が高まっています。予報によると、当日は晴れるそうです。

秋のある日、海の向こうからメールが届いた。日本企業の現地法人に駐在している知人からだ。二〇〇五年十一月のこと。

——この一年、休みのたびに走り込んできたので、ウエストサイズは下がりました。いよいよその日が近づいて、心は仕事どころではありません。

当日の気温はフルマラソンにはいささか酷なようで、苦難の道のりとなりそうですが、昨年の記録を少しでも短縮すべく臨みます。

応援と近況報告を兼ねて、返信する。

――歳《とし》はひとつとっているのに、記録まで短縮できたら快挙ですね。ご健闘を祈ります。おかげさまでこちらは、がんから四年。昨年のマラソン挑戦の報に刺激され、スポーツジムに入会したものの、漢方の通院が週二回となり、それと仕事とで運動は休止状態。ウエストサイズは上がる一方です。

今は通院と食養生が私にとってのマラソン。ともに完走をめざしましょう。

この本には主に、がん患者となってから一年かけて目標を再設定するまでを書いた。単行本のあとがきを記したのが、手術の二年後。

それからさらに二年を生きた。

はじめの二年間は、がんのことを積極的に語らないできた。

ひとつには、仕事上の理由からだ。がんになる前に引き受けたさまざまな仕事が継続中だった。連載なら終了後、書き下ろしの本であれば刊行後半年くらい過ぎたら、公にしても許されるだろうと。

周囲の声に煩わされず、仕事を含む日常生活の再建と健康維持とに集中したかったためもある。

再発リスクを抱えながら退院後の人生に踏み出して、間がないのだ。自分でも不確実な状況に慣れておらず、先行きもわからないところへもってきて、

「だいじょうぶ?」

などと言われたら、

(だいじょうぶかどうか、私の方が聞きたい。それがわからないのが、がんなのだ)

と、口には出さずとも、心の中で過剰反応してしまわないか。

生死の問題と正面から相対しているだけに、側面に脆弱《ぜいじゃく》さがありそうだ。そのひとつが、他者との間。がんになったことそのものは、否応なしに受け入れているが、それについて人からいろいろ言われることには、耐性がない。

がんを公にしてみて驚いたのは、実に多くの人が、「心」との関係に言及することである。

「ストレスが蓄積していたんじゃないの」

「性格的にまじめだから」

まるでがんは、ストレスや性格によって引き起こされる病気であるかのようだ。がんになるまでばかりではない。がんになってからの経過についても、同じようなことが言われる。

「明るく前向きな人の方が、治るっていうじゃない」

少し本を読んでいる人なら、免疫を担当しているナチュラルキラー細胞を笑いが活性

化させる、といった研究を引き、その説をより強いものにする。

そうした説が、日常の個々の場面に向けられると、例えばこんなことになる。

私は食事療法を引き続き実践中だ。仕事先や出張先での食事でも、箸をつけるものとつけないものとがある。すると、

「そういうことを気にするストレスの方が、免疫力を下げるよ」

これは非常にしばしば言われる。

また私は、冷えに注意を払っている。手術の後遺症というべきか、腸を切った人につきものの、通りの悪い箇所があるらしく、どうかすると詰まるのだ。そうなると、自分でも気がひけるくらい苦しがりながらとにかく吐くか、病院で鼻から胃に管を入れ、内容物を吸い出すしかなくなる。

はじめのうちは、わけがわからず再入院、再々入院するはめになったのはすでに書いたとおりだが、しだいに傾向と対策がつかめてきた。私の腸は、寒いと動きが不活発になるのか、冷やすと危ないようである。仕事のときや出張では、行った先で救急車騒ぎになるとたいへんなので、膝掛けは必携だ。乗り物の中でも店でも、座席に着く前に冷房のあたり方をチェックする。

すると人は言う。

「あんまり神経質になって、びくびくしていると、治るものも治らないよ」

びくびくしているなら、いつ詰まるかわからない腸で出張など来ないが、自分として

は体調管理に属することでも、はた目には病に対し神経質になっているように見えるようだ。気持ちはありがたいけれど、同時に私は、違和感を覚える。

病は気から、か。

治らない人、進行して死んでしまう人は、本人の気の持ちようが悪いのか。自業自得なのか。

そんなことはないと言いきれる。

この間亡くなっていった周囲の患者で、いわゆる明るく前向きな人は、おおぜいいた。食事療法のレシピを競い合った料理人。がんについて書きはじめることに怖れと逡巡を抱いていた私を「そういう人には、次、また次と、これをするまでは死ぬに死ねないという目標が、必ず出てくるから、だいじょうぶ」と励まし、背中を押してくれた人。

その人たちのたどった経過まで、気の持ちように帰してしまうのか。彼らの死ぬまでの生き方に、目をつぶっていいのか。

すべてを心に還元する考え方に、私は与《くみ》することができない。

複雑なのは、当事者の側にも、そうした説明を「自分の物語」としてとり入れる傾きのあることだ。例えば、

「私は幼少期から、周囲に対して言いたいことが言えない子どもでした。そうした心の膿がたまりたまって、腫瘍になったのだと思います」

そうした関係づけは、ナラティブ・ベイスド・メディスン（物語と対話に基づく医療。

科学的根拠に基づく医療であるエビデンス・ベイスド・メディスンの対立概念とされる）では有効かもしれない。が、そもそも物語は、個々人に固有であり、ただひとつの正しい物語は存在しないというのが、ナラティブ・ベイスド・メディスンの基本であるから、ある患者にとって真であっても、すべての人にあてはめられるものではない。

「がんは自分がつくり出したものだから、これからは細胞をがん化させないよう、笑って日々を過ごすつもりです」

と患者が語るのもよく聞く。その人のセルフコントロールとしてはすばらしいと思う。が、がんは自分がつくり出したものだからという説に肯くことは、私にはやはりできない。

心が、がんをつくるのか。

心が予後を左右するのか。

たしかにがんは、ひと頃の日本人がよく死んだ結核やコレラなどの感染症と違い、外から入ってきた菌によって引き起こされるものではない。ために、原因は内にある、すなわち心だ、という論理になるのだろうか。

また、原因がわからないままよりも何らかに特定できる方が、落ち着くという面はあるだろう。人間の心理は説明可能なものを好むのだ。私も現実に再発リスクを抱える患者であるからは、

「明るく前向きでいれば、治る」

と信じられる方が、どれほど救われるかしれない。

が、そうした誘惑に、私はあえて抵抗したいのだ。

がんと心に関する情報が、断片的なまま一般化されるのは、ひとつ間違えば患者に対し抑圧としてはたらく。

ただでさえ不安なところへ、「前向きになれない自分はがんを悪くしてしまうのではないか」という恐怖を与える。再発進行したときには、そのことの衝撃の上に、自分を責め、さらなる負荷をかけることになる。

がんと心について、偏りのない中立的な知識を得たいと、サイコオンコロジー（精神腫瘍学）の本を読んでみた。『サイコオンコロジー』（山脇成人、内富庸介他、診療新社）、『がんとこころのケア』（明智龍男、NHKブックス）などである。

そこではじめて、ストレスやあるタイプの性格が、がんの発症や生存期間に関係するとする科学的な根拠はじゅうぶんでない、との記述に接することができた。過去の研究には、関係を示唆するものがあるが、いずれも方法論に問題があり、今のところ関係は認められていないようだ。

『自分らしくがんと向き合う』（ジミー・C・ホランド他著・内富庸介他訳、ネコ・パブリッシング）ではアメリカの患者の次の言葉に笑ってしまった。

人は楽観的になれとばかり言います。そんなとき、わたしはこう言い返します。

「冗談じゃない。自分の好きなようにがんと付き合うよ。生まれてこのかた、楽観的になったことなんかないからね」

(もっともだなあ)

わが意を得たり、であった。

それまでずっと暗く悲観的に生きてきた人なら、がんになったからといって、なじみのスタイルを変えなければならぬいわれはないはずだ。

心と生存期間の関係が将来、立証される日が来るかもしれない。だとしても、私の立場は変わらないだろう。

明るく生きれば治癒もしくは延命につながる、だから明るく生きるというのは、どこかしら利益誘導的であり、潔しとしない。

そもそも「だから」の思考は、逆に治癒、延命につながらないと立証されたとき、「ならば」どう生きても同じだという放棄に転じかねない危うさがある。

「だから」「ならば」よりも、「だとしても」「にもかかわらず」の立場を、私はとりたい。明るく生きれば治癒、延命につながる、あるいはつながらない、つながるかどうかわからない。「だとしても」それとは無関係に、明るく生きる。それならば、将来科学がいかなる立証をしようとも、あるいは立証不能なままであっても、動じることはない。

この話をしていくと、

「無関係と言うならば、どうしてあなたは、明るくあろうと思うのか。何のかの言っても、病は気からを信じ、治癒、延命を期待するからではないか」

と問う人がいるかも知れない。そうした突っ込みに対しては、

「そうではない、単に自分の好みとして、せっかく生きているならば不機嫌で過ごしてはもったいないと思うからだ」

と答えられる心のゆとりを持ちたいものだ。それはさきの、

「冗談じゃない。自分の好きなようにがんと付き合うよ」

という人と、選択の表れ方は異なるが、選択の原理は同じである。

得られるかもしれない結果と、選択の問題を切り離す。

無駄と知りつつ何かに熱心に取り組むことができるかどうかが、われわれの人生の質を決めることになる。いや、むしろ「なにをしても無駄」と覚悟していることが、「それでも、なおこれをする」という決断に重みを加える前提でさえある。

頼藤和寛の『人みな骨になるならば』（時事通信社）の中のこのくだりは、私がうまく整理できないでいたところを言い当てていて、胸のすく思いがした。

治癒・延命につながらないかもしれない。「にもかかわらず」お構いなしに、明るく生きるところに、人間としての自由と矜持《きょうじ》があるのではないか。

心をよりよく保つために

治癒、延命を期待することには禁欲的な私だが、心をいかに保つかには、一貫して興味を持っていた。

退院後訪ねた竹中先生からは、再発進行の不安から鬱《うつ》になる人もいると聞いた。サイコオンコロジーの本にも、同様のことが書いてあった。

差し迫った生命の危機には瀕していない患者でも、不安には長期にわたって直面し、心の症状を併発することもある。「がんは肉体の病であるだけでなく、心の病でもある」とは、こういう文脈でこそいえるのでは。

不安の中で、平常心を維持するには、何にヒントを探せばいいか。

多くの人がまず考えつくのは、禅だろう。私もまさにそうだった。

書店に行き、鈴木大拙の本を買ってくるという、わかりやすい行動をとった。『一禅者の思索』（講談社学術文庫）である。

これが情けないかな、私の読書力ではちんぷんかんぷん。

すなわち人間にして始めて生死を生死し得る所以は、人間は生死以上なるものを見て、而して生死に生死し得るからである。

一頁進むのに、生死という語が数えきれぬほど出てきたりして、

（私には難し過ぎた。いつかは言わんとするところがつかめる日が来るかもしれなくても、時期尚早だったわ）

と挫折。

ジャパン・ウェルネスのプログラムのひとつである座禅会にも参加してみた。お坊さんが来て直々の指導がある。

一回足をしびれさせたくらいで悟りがひらけるものでは全然ないが、そこで教わった呼吸法は、痛みをともなう検査や、検査の結果を聞くときなど、たいへんに役立った。

息を長く吐いて……吸う。リラックス、リラックス。前に行ったことのある断食道場の先生が、やはり腹式呼吸の実践者で、

「心を丹田に置く。そうするとものごとに動じなくなります」

と言っていたが、通じるところ、あるかしら。

かと思えば、

「心はどこにも置くな」

と言う人もいる。禅の高僧、沢庵和尚だ。がん患者の中でも凝り性というか、よく勉強している人がいて、そういう話を私も嫌いでないとわかってからは、あれこれと教えてくれるのだ。

その人によれば、沢庵和尚は、剣の達人である柳生宗矩から問われて、こう答えた。

定まったところに置けば、そのぶん不自由になる、どこにも置かなければ、あらゆるところに存在でき、いざというとき自由に動ける。それも、なるほどである。

平常心イコール不動心と考えていたのは、間違いかもしれない。

結核性カリエスのため長く寝ついていた正岡子規は、六尺の病床という限られた世界の中で奔放に生きたことから、がん患者には共感する人が多い。『墨汁一滴』（岩波文庫）では、痛みに呻吟《しんぎん》しながら、ガラス鉢の金魚にふと見とれたときのことを、

痛い事も痛いが綺麗な事も綺麗ぢや。

と書いているが、あの境地か。

痛みを感じながらも、そこに固着せず、金魚の綺麗さに動かされる心、ものに驚く心の新鮮さを失わない。沢庵和尚の「自由」や、森田療法でいう「心は万境に随って転ず、転ずる処実に能く幽なり」とは、まさにそうしたことなのか。

同じく子規の『病牀六尺』（岩波文庫）に、

余は今まで禅宗のいはゆる悟りといふ事を誤解して居た。悟りといふ事は如何なる場合にも平気で死ぬる事かと思つて居たのは間違ひで、悟りといふ事は如何なる場合にも平気で生きて居る事であつた。

とあるのも、なるほどだった。

鈴木大拙の『禅』（ちくま文庫・工藤澄子訳）では、平常心とは何か、との問いに、ある僧は「疲れては眠り、飢えては食う」と答えたという。

たぶん私も、めいっぱい働き死んだように眠ったり、夢中でご飯を食べたりしているときこそが、もっともその境地に近いのだろう。

平常心とはすなわち無意識的な生のことかと、おぼろげながら思っているが、意識的にそこに到達することはできるのだろうか。

人事を尽くす

マラソンの人にメールしたように、漢方と食事療法は続けていた。

死そのものを、ではなく、死に対し脅えることしかできないという状況を、克服したいと、さきに書いた。そのひとつの実践だ。

体調管理の意味合いもあった。がん患者はよく、腫瘍マーカーの数値の上がり下がりを指標にする。私のがんはマーカーに反応しないため（大腸がんの半分くらいはそうだという）、自分がいい方に向かっているか悪くなっているのかは、画像診断をしないとわからない。が、画像に映るのは、すでに再発転移巣がある大きさ以上になったときだ。

そうなる前に、例えば大きくなりつつあるなら抑える力の方を上げて防ぐ、小さくするといったことができれば、したい。

漢方は、がんそのものにはたらきかけるのではなく、体の抵抗力とのバランスを診ると聞く。

そのせいか、つい働き過ぎ、自分でも疲労がたまっていると感じるときは、非常に厳しいことを言われる。あまりにもその状態が続くと、

「このままでは必ずがんは悪くなります」

と言われることもある。

すると落ち込み、落ち込み方の激しさに、われながら驚く。

これまでも、画像診断の結果を聞きにいくときなど、再発を告げられても衝撃に耐えられるよう、その瞬間を頭の中でくり返し描き、シミュレーションをしてきたつもりだった。

なのに、まだ再発していないにもかかわらず、こんなことでどうするのか。

自分に呆れ、

(こういちいち落ち込むようでは、漢方から少し離れた方が、精神衛生にいいのではないか)

と思うことも、長い通院の間になくはなかった。

食事療法を貫くべく、出張にはお弁当を作って持っていくまでしても、体調が思うよ

うによくならないと、

（これ以上、どうしろというの！）

と癇癪《かんしゃく》を起こしそうになることも。

が、そのたびに気を落ち着けて、思い直す。

退院後、再発リスクを抱えた人生に踏み出すとき、何もしないという選択肢だって、あったのだ。

がん細胞がまだあるからには、勢いづくこともあれば、逆のこともあろう。その動きに一喜一憂することなく、運を天に任せると決め込んで、再発したらそのときはじめてショックを受ける。それまでは、体の中で何がどう進行していようと「知らぬが仏」で通す。そういう心の健康法も、あり得た。

けれども私が、それを選ばなかったのだ。「知らぬが仏」では危険過ぎるから、推移を把握し、再発に至る前に、未然に防げるなら防ぎたいと。

制限があるということは、それだけ挑戦心を奮い立たせるものだから、ふだんはむしろ食事作りを楽しんでいる面もあるし、またこれだけ続けていると、不自由とか不便と感じる以前に、それが私の日常となっている。

が、ときどきスーパーの食品売場を、カートを押して歩きながら、

（この広大な面積を占める品々の中で、私に関係あるものは、ほんの一部しかないんだなあ）

周囲と急に距離ができるような、複雑な思いにとらわれる。

疲れて駅まで帰り着き、最後の力を振り絞るつもりでスーパーに寄るようなときも、よりどりみどりの惣菜コーナーを横目に、一から作らなければならない自分に、（ここにあるものがほとんど食べられないくらい、そんなに私の健康状態は悪いのか）と憤然としたりする。

が、常に立ち戻るのは、誰に強いられたわけでもない、決めたのは自分だ、という原点だった。

「何をしてもいいですよ、再発したらそのときはそのとき」

では心もとなさ過ぎると、生活に何らかの柱を求めたのは、他ならぬ自分なのだ。

食事療法のストレスは、たしかにある。が、食事療法をやめたからといって、ストレスがなくなるわけでは、けっしてない。

再発不安があるだけで、じゅうぶんにストレスなのである。どちらにしろストレスを免れないなら、リスクに対して何もしていないよるべなさより、ときに癇癪を起こしながらも「何かしている」実感を得られる方が、私には耐えやすい。

最終的には天命に従う他ないにしろ、できることはしてきた、人事は尽くしたと思える方が、天命を素直に受け入れる境地に達しやすいのではあるまいか。

私がもっともしたくないのは、人事を尽くさなかったという後悔なのだ。

働き盛りのジレンマ

仕事については、もどかしさでいっぱいだ。

働き盛りの年齢で、しかもありがたいことに機会をいただきながら応じられないストレスが、食事療法の不便からくるそれを、はるかに上回るといえるほど。

いつだったか何人かでいる場で、めいっぱい伸びをしながら、

「あー、もっと思うぞんぶんに働きたい」

と発作的に叫んだら、そばにいた女性から、

「もっと働きたい？　変わった人ね。私なんか、給料もらえる範囲内でなるべく働かないですませたいわ」

と驚かれてしまった。そうなのか。誰もが同じ欲求を抱えているかと思っていた。

自分は人生における仕事の比重が高い方らしい、と気づいたやりとりだった。

たぶん私が再発したら、多くの人が言うだろう。

「働き過ぎよ」

「忙しそうだったもの」

自分としては、仮に再発したとしても、それまでの間を萎縮して過ごすことなく、のびのびとものごとに集中してきた、精いっぱい生きた、といえる実感を得たい。

が、何をもって「精いっぱい」とするか。

体の声に耳を傾けよと、よく言われる。が、心の声との聞き分けが難しい。心はまだまだ全然満足していなくても、体はすでに消耗していて、自分では気づかないということが、私には往々にしてあるようだ。

漢方で、体調の悪さを指摘されても、仕事と結びつけて考えるのを頑として拒んでいた。が、冷静に顧みれば、関係していると認めざるを得ない。出張や締め切りが続いたりすると、やはり抵抗力が落ちるのか、風邪の人とちょっとの間隣り合わせたくらいでてきめんにうつり、それをきっかけとして鼻炎になり膀胱炎になり、菌が体の中をひとめぐりするまで治らないのではと思うほど、しつこくしつこく悩まされる。がんとの闘いに集中してほしい免疫担当細胞に、長々と風邪の菌などにかかずらわっていられては困るのだが。

漢方に通ってくる患者の中に、現役世代の女性がいて、待ち合い室にいつも出張に行くような鞄を引っぱってきている。

(この人も、時間がもっともっとほしくて、しかたないのだろうなあ)

と、ひそかに共感していたら、あるとき手帖に目をやって少しく考えているようす。ときおりは言葉を交わす関係になっていたので、隣の席に移動すると、

「やっぱり、ペースを落とさないとだめかなあ」

私と同じく厳しいことを言われたらしい。

たしかに自分を振り返っても、忙しいと、体調も漢方での見立ても悪くなる。なので

彼女にそう話し、

「でもそれと、最終的に自分にとってどうかは、別問題だしね」

と言い添えた。

仕事による心の満足度と体調管理と、二つのバランスをどうとっていくかは、この間の私にとって、ずっと課題であり続けている。

「過労はいけない、ストレスも睡眠不足もいけない。だったら僕はがんにはなれないね」

別の女性は、夫から揶揄されたそうだ。

「会社員なんて、その三つで給料をもらっているようなものだから」

心ない言葉である。過労、ストレス、睡眠不足、三つの禁をおかさなくてすむ人だけが、選ばれてがんになるわけではない。

精神的な意味合いだけでない。経済的にも、仕事をあまり減らしては、立ちゆかない。治療費以外にも、がんは何かとお金がかかる。原因が特定できない病気だから、発がん物質になりそうなものはとりあえず避けようと、野菜でもなんとなく低農薬を、魚も養殖よりは天然を選ぶから、食材がそういうことを気にしなかった頃の五割増しくらい高くなる。

そうした、医療費控除の対象とならない「経費」もある。

再発したら、保険外の治療に挑戦するかもしれず、そのためには働けるうちに働いておかねばとの焦りがあり、他方、働き過ぎて再発をまねいては元も子もなく……この兼ね合いも、ずっと課題である。

お金の話ついでに、収入について言えば、がんになった翌年は、

「とにかく今ある原稿を、目の黒いうちにまとめておかねば」

との思いから、機会をとらえては本にしたので、かえって常より多かった。

が、翌々年は半分くらいになってしまった。

がんになってまる二年にあたるその秋には、公にすると決めていたので、夏頃から仕事を受ける際には、

「実は近々、こういう本を出しますが」

と前もって話すようにした。

すると、依頼をとり下げられることが続いた。

「うーん、それだと状況が違ってくるので、こういうのはちょっと出しにくくなりますね」

と言う人もいれば、理由を示さず、

「いったんお願いいたしましたが、諸般の事情から、見合わせにさせていただきたく」

で通す人もいた。

そんなことが度重なると、自分で自分の営業妨害をしているような気になってきた。

このまま仕事が減っていき、

（幸いにも生き長らえた、けれど、もの書き生命は断たれていた、なんてことになった

らどうするか)

と暗然とすることもあった。

でも、それも自分が決めたこと。

今は先々の自分がどうなっているかを思い煩う余裕がなく、体調と仕事とのバランスを、崩れかけては修正し、行き過ぎては戻しの試行錯誤を続けている。

二つめのがんへの恐れ

退院して二年が経った頃、左乳房《にゅうぼう》にしこりを発見した。風呂場で洗っていたとき、たまたまふれたのだ。

「がんか」

シャワーの下で、手を止める。瞬間、二つの可能性を考えた。

再発か。だとするといよいよ、治らぬことを覚悟せねばならないか。

例外はあるけれど原則的に、再発したがんは治らないとされている。この二年間、心のどこかで常に身構え、シミュレーションまで重ねていた、来るべきものがついに来た。

しかし、大腸からの転移先として乳房は、あまり聞かない。これまで手術をした病院でアフタフォローとして調べていたのは、肝臓、肺。この前は骨の検査を受けていた。病院

転移でなければ、新たながんか。その場合、まだ治る可能性がある。告知を受け、手術に臨み……この前と同じことをまた頭から繰り返すだけだ。

いや、同じではない。この間私は漢方や食事療法など、「がんを進行させないための努力」をしてきたのだ。

なのに、なった。

それは、これまでとってきた方法の、根本からの否定であり、生活の柱を失うに等しい。運を天に任せて脅える他ない状況を克服したいと、食事療法を通じて人事を尽くす途を選んだ。それが成り立たないとなると、もとの脅えることしかできない状況に突き戻される。

私はそれを受け入れられるか。「何かをしている」実感なしにはこの先も生きられない。二年間慣れ親しんできた方法が無になったら、それに代わるものを一から探すことが、私にできるだろうか。

また、二つめのがんだとすると、私はがんになりやすい人であることを、いよいよ認めなければならない。

前のときは、その問題には目をつぶっていた。生まれつきの「なりやすさ」を考えることは宿命論だから、私の性には合わないと。その態度は、通用しなくなる。

がんになりやすいのであるならば、二年前の告知からこの方を、過去の一回性の体験にはできなくなる。

ひとつめのがん、二つめのがんを、仮に克服できたところで、解放されることはなく、三つめがまたできるかもしれないという不安のもとで生きるのか。いつがんになるかと常に脅え、体のことにばかり神経をつかい続けていく徒労感。まだそんな齢ではないのに。すべきことは、他にもたくさんあるのに。セルフイメージも萎縮してしまいそうだ。

そして二つめにしても、私はまだ前のがんの経過観察中なのだ。がん治療がある程度の侵襲《しんしゅう》（体に対するダメージ）を伴い、免疫力を低下させることは、西洋医学、東洋医学に共通の認識と聞いている。ここからはあるいは医師には、非科学的と笑われるかもしれないが、抑え込む力とのバランスがかろうじて保たれていた前のがんが、それによって勢いづき、再発してしまわないかとの恐れも、実はあるのだ。

重複がんの苦悩とはこれなのか、とはじめて知る。前と同じことを、もういっぺんすればいいという話ではない。

先走りし過ぎてしまった。まずは順々に検査をしよう。

視触診を受け、エコーとマンモグラフィの予約をする。

検査室の前で待っていると、たまたま前のがんの担当医師のひとりが通りがかる。立ち上がって挨拶し、

「これから検査なんですけれど、まあ、がんはひとつでいいかなとは思っています」

と話したときは、さすがに笑顔もややこわばっていた気が、自分でする。

エコー、マンモでは良性、悪性の識別がつきにくく、細胞診をすることにした。

前のときは、画像から一目瞭然で、あっという間の告知だったが、

「人はこうして患者になっていくのか」

と実感した。検査をし、また次の検査へ進み、だんだんに診断確定に近づいていくプロセスを追体験するようだ。

また、乳房だと、なまじ皮膚のすぐ下にしこりがあるから、結果が出る間にもどんどん大きくなっているかのような錯覚にとらわれる。仮に良性だったとしても、いつがん化するか知れないものを持ち続けていくのは、気持ちのいいものではない。

同じ漢方に通っている男性で、腎臓に四センチ大の腫瘍のある人がいる。手術をすすめられたが切らずにずっと健康を維持していて、「その大きさで、よくまあ転移しないものだ」と思っていたが、自分がこうなってみると、転移しないのもさることながら、塊を持ち続けていられる剛胆さに、驚嘆する。がん化するかもしれないどころか、がんそのものなのだ。

次に会ったとき、素直にそう言うと、

「僕、すでに片方の腎臓をとってしまっているから、腎機能がいっぱいいっぱいなのよ。とったら人工透析しないといけないけど、あれもたいへんだから、なんとか切らずにもたせていければ、そっちの方がＱＯＬはいいかなと」

そういう考え方もあるのか。

細胞診の結果を聞きにいく。

待つ間、医師に質問すべきことのメモに目をやりながら、思い出していた。エコーの前、消化器の先生と立ち話したとき、笑顔がこわばったことへの、恥と後悔が少しあった。

　ああいうとき泰然と微笑むことのできるのが、私のあらまほしき像なんだった。もし今同じように医師が通りかかったら、にっこりと挨拶しよう。

　まさか待合室でひとり笑いをするわけにはいかないが、頭の中で表情筋をやわらげるイメージトレーニングをする。それは私の緊張をほぐすことにも役立った。

　結果はⅢaだった。前もって読んだ乳がんの本には、ⅠとⅡが良性、ⅣとⅤが悪性とあった。少なくとも悪性ではない。

　いろいろ考え、主治医とも相談し、しこりそのものを切除することにした。半年にいっぺん検査を受けて、悪性でないかを調べていく選択肢もあったが、ただでさえ前のがんの再発を調べる検査のために通院している。その上乳房もだと、病院から離れられない自分になりそうだと。

　手術は局所麻酔で、ほんの数センチ切ればすむといい、私の恐れた、がんと免疫力とのバランスも、そう大きく崩れることはなさそうと判断した。

「食事療法をしていたのに、しこりができた。細胞の増殖を抑えることができなかったではないか」

　と言う人もいる。それに対し、

「いいや、増殖までしながらがん化しなかったのは、食事療法のおかげだ」

　と言うこともできる。受け止め方しだいである。

どちらが正しいかは問わない。あきらかなのは、私はやっぱり坐してがんの出方を待つのではなく、「何かしている」人でありたいのだ。

五年が過ぎても

がんになって二年半余りが経った頃、あらたなできごとがあった。別の医師から、もともとの「がんになりやすさ」を指摘された。

大腸がんの中には、生まれつきの遺伝子の異常を原因とするものがある。それにあてはまる可能性がある、と。

(またしても、そこへ還ってくるか)

という感じであった。宿命論を嫌う私が、乳房のしこりを切除したのをいいことに、不問に付したテーマだったが、いつかは向き合わざるを得ないのか。

主治医に話すと、

「仮にそうだとしたら早期発見、早期治療していく、それしかありません」

まさしくそうだ。

「ただし、何らかの精神的ケアは必要になりますね」

と付け加えたのは、さすがであった。

宿命を宿命のままにしないためにも、これからの健康管理の指針とするためにも、生まれつきの「なりやすさ」を研究する医師のカウンセリングを受けることにした。

そこで知ったことは、私が事前に考えていたのとは、少し違っていた。カウンセリングに臨むに際し、私の頭を占めていたのは、指摘のあった遺伝子異常に自分はあてはまるのか、だとしたら、また大腸がんになるリスクが高いのか、今後どんなタイミングでどんな検査をしていったらいいか、であった。

医師の説明は、次のようなものだった。がんになった年齢からして、指摘の遺伝子異常にあたるかどうかに関係なく、リスクはふつうより高いこと。それは、大腸のみではなく、すべての臓器に関してだと。

そうなのか。

「重複がんなんて、そうそう聞く例ではないから、今のがんの五年生存を達成できたら、少なくとも六十歳くらいまでは、ふつうの人と同じように人間ドックを受けていればいいかと思っていました」

私は言った。六十歳と言ったのは、その頃になると老化がはじまるから、条件はみな同じになるだろうと。がんの最大のリスクは加齢といわれる。

医師は、危ない危ないというように首を振り、

「今は肝臓とか肺とか、再発転移の方に注意がいっていると思いますが、他の臓器もまめに検査を受けて下さい。特に大腸と胃と子宮体がんは」

乳がんの疑いが生じたときに次いで、力が脱ける思いがした。

(五年で終わりでは、全然ないではないの)

五年が過ぎたからといって、がんを過去のものにできるわけではないらしい期待外れ。この先もリスクを抱え続けていくことに対して、早くものしかかってくる疲れ。そもそも、五年間再発がなければ完治とみなされるというのも、絶対ではないのだ。五年達成のお祝いをしたとたん転移がみつかった例、十年過ぎて再発した例、周囲にいくつでも挙げられる。

が、嘆息している場合ではない。そもそも宿命を宿命で終わらせないために、カウンセリングを受けたのだ。

ことの意味について考えをめぐらせるよりも、まずは検査をすることにした。これまで調べたことのない子宮体がんから。

早期発見、早期治療していくよりほかないというのは、まったくの真実だ。はじめ聞いたときはニュアンスに乏しく感じた主治医の言葉も、こうなると実に含蓄に富むものである気がしてくる。

検査が好きなわけではないが、進行がんになりながら、幸いにも長らえている命である。早期発見が難しいがんならあきらめざるを得ないけれど、少なくとも早期発見が可能ながんで落とすわけにはいかない。

一方で、非常に微妙な言い方だが、がん患者という足場をとり払われ、投げ出されてしまうことを、どこかで私は恐れているのではないかという疑いも、ほんのわずかだけれど、自分に対して、あるのだ。

がんを過去のものにできたつもりになっていて、ある日突然、再発なり二つめのがんなりを告げられる、その不意打ちは受けたくない。だから、今までの構えを崩さないでいよう、と。

見方を変えると、こうも防衛的な心理がはたらくのは、はじめの告知とそれに続く体験が、やはり衝撃であったのか。自分ではこの間かろうじて適応できていたつもりでも。

慣れ親しんだ足場から離れることを恐れず、なおかつリスク管理も忘れずに、自然に前へ踏み出せる。そういう日が私に来るのだろうか。

五年めに入って数日後、マラソンの人からメールが届いた。四十キロ付近で限界かと思われたものの、完走、記録短縮の目標も達成した由。

――おめでとう！　私もどこがゴールかはわからないけれど、完走をめざします。

そう返信した。

解説　「新患者学入門」

竹中文良

がんという病気は、孤独・絶望・死の恐怖、さらには治療による副作用の苦しみ・再発転移の恐怖など、イメージ自体が暗く重苦しいものだ。しかし数年前、その状況を改善し明るく癒してくれる著書が出版された。それが、がん患者学入門ともいえる本書である。

著者は、若い女性の生き方や考え方をテーマにした本を、数多く出しているエッセイの名手である。美貌の才媛というだけでなく、明るく前向きなキャラクターが生み出すエッセイは、女性のみならず、私の知る範囲でも、若い医師達や医学生の間でかなり人気が高く、講演会には若者の追っかけも大勢いるときいている。人気が高まれば、人生で一度や二度の受難は付きものだが、それが時に思いがけない形でふりかかることもある。

まだ四十歳と若く、食生活に人一倍気を配り規則正しい生活を送る著者が見舞われた受難とは、がんであった。才能に恵まれた人は、困難を糧にして更に人間性を深め、後に続く人に希望をあたえるものだ。これまで順風満帆に歩んできた著者ががんの宣告を受け、その悩み苦しみの中から、如何に希望をつかみ取っていくか、それががん患者の大きな希望や救いに繋がると私は信じている。

近代の日本において、社会に大きな影響を及ぼした代表的な病気といえば、結核とがんである。二十世紀前半は結核、そして後半から現在に至るまで、医療はがんとの闘いに明け暮れた時代ともいえる。

私事で恐縮だが、私の父親は昭和の前半を結核の専門医として働き、五十歳前後で自身も結核に罹り、その後十数年間、自分の治療と結核患者の診療を続け、六十六歳で力つきて亡くなった。私が医学生の頃は、結核医療の終焉期にあたり、強力な抗結核剤が出るまでは、様々な代替療法でしのいでいたといえる。しかし、ストマイ、パスといった結核に効く有効な薬の出現によって、代替療法薬は一気にすべて消え去った。

私が医師になってまもなく、日本の医療の主力は、次第にがんに向かうようになっていった。私は父と違い、外科医の道を選んで三十年近くをがん医療に専念したが、五十歳代半ばで、生涯のテーマとして取り組んだがんに罹った。その頃、偶然かもしれないが、がんセンターの院長や総長、がん専門医ががんに罹ることが多く、「がんは感染病ではないか」という空説が流れたほどである。

「結核」と「がん」

そのとき私の頭をかすめたのは、医師の仕事に従事すると、最後は自分のライフワークとした病気に罹ってしまうのではないか、という疑念であった。しかし間もなく、がんという疾患の本質が解明され、その基本的な原因は「老化」であり、寿命が延びた期間に、累積された遺伝子の変異で発症することが明らかにされてきた。したがって、がん患者は六十歳前後から増え始め、六十代から七十代へと増加し続ける。その状況を具体的にいうと、八十歳は四十歳の倍の年齢だが、がんになる確率は十六倍だとの統計もある。

そして近年、がんは日本の社会に大きな問題を提起している。何しろ日本人の成人では、二人に一人ががんに罹り、三人に一人ががんで亡くなる時代に突入したのだ。半世紀ほど前の、肺結核以上に、重要な課題として頻繁に取り上げられてきている。

しかし、結核とがんには根本的な違いがある。結核の病因は細菌による伝染病であり、患者も比較的若い人が多かった。これに反し、がんは自己の体内で細胞が謀反を起こすために生じる病気である。基本的な病因は老化であり、多くは中高年が罹る。

この状況は、最近急速に増えてきた家庭で飼われているペットのケースを見ると、より現実味を帯びる。最近の犬やネコは、昔と違い、えさや生活環境が格段に改善されたおかげで長生きをする。そのため、昔はほとんど目にしなかったペットのがんが増え続けている。ネコの胃がんや乳がん、犬の食道がんや肺がんも珍しくない。理由は単純明快で、長寿のペットが増えたからである。世界一の長寿を誇る日本にがん患者が多いのも、自然の掟と理解するしかないのかもしれない。

話を元に戻すと、昔の結核も今のがんも、両方ともその時点で患者に迫りくる「死」を意識させる病気という点では、極めて類似した特徴を備えている。

医学的視点から外れてこの病気に罹った患者の生活を眺めると、結核にはまだ具体的な治療法が確立していなかったせいだと思うが、何処となくロマンの香りがあった。抜けるように青白い顔、麗人、失恋、血染めのハンケチといった、小説「不如帰」に出てくるような場面が頭に浮かぶ。

一方、がんという病気は、全くそういったことと無縁だ。書店に並ぶがん関連本には、最近ようやく一般化してきた「がん告知」「情報開示」「闘病の仕方」「医療・医師の選択」「死の受容」「末期がんからの生還」といったテーマが並び、およそロマンとはほど遠く、慣れない人が気軽に手にとりたいと思うものが少ない。

本書では、著者が自らのがん闘病を可能なかぎり客観視し、闘病中にもかかわらず、間延びしたと感じさせる程の安定感がある。「体の自由がきかなくなっても、心はこれまでと同じに、最期までのびのびと振る舞いたい」という文にも見られるように、これは著者の個性の表れであろう。

日本における「がん告知」

近年、年間約六十万人の日本人が、がんに罹ると推定されている。がん患者の五年生存率は五〇パーセントを越えるまでに改善したが、それでも、最近の日本における一年間のがんによる死亡者は三十一万人を越える。そのうえ、がんを体験した生存者の数（サバイバー）は現在、三百万人だが、二〇一五年には五百三十三万人に到達すると予想されている。

そのうち大多数の患者は、がんの告知を受けるまで、何の根拠もなく、自分は長生きするものとして未来の設計図を描いているものである。

私自身、二十年程前に自分の専門領域の大腸がんに罹ったときも、そのような状況だった。偶然夜中に自分の手で腹部のしこりに触れ、大腸がんが判明したのだが、その時のショックは普通の患者と同じで、頭の中が真っ白になり、全身から冷や汗がほとばしり出た。しかしすぐ我に返り、医師としての触診を始め、がんの進行度を可能なかぎり把握しようと試みている。その経緯をへて、ようやく私も平静さを取り戻したのである。

最初に著者に「がん」を告知したのは私である。ところが、この本にも詳述されているように、私はその場で著者に「がん」という言葉を一切告げてはいない。著者が拙著『医者が癌にかかったとき』を読んでいるのを知っており、しかも著者の病気が同じく「大腸がん」に属するものであるので、自然に気づいてもらえるだろうと思い、暗示として「私も同じところにできました」という言葉にあえてとどめ、それだけで賢明な著者は充分納得されたものと考えていた。

告知した際、著者はあまり動揺した様子は見せず、私の診療が終わる頃には、すぐに決められた医療のレールの上を走ることを納得していた。著者は元来、前向きな明るい性格で、自分では、「父に似て動揺が顔に出ないタイプ」という。しかも、常に自分の行動や心の有り様を客観視して表現し、その冷静さが評価されている有能なエッセイストである。だから、がんと分かっても平静をよそおい、やり過ごせたのではないか。

著者は告知を受けたときの思いを次のように綴っている。

「私の人生は、これで大きく組み立て直さなければならなくなった、と。これまでの心配事は、ほとんどが、年を取ったらどうしようというものだった。ひとりで、子もなく、住まいは？ 年金は？ 自分がいかに、何の根拠もなしに長生きすると信じ込み、すべての前提にしていたかを、思い知る。その前提が、今日このときから、なくなったのだ」と。

そして、ほんの数日前までがんと無縁に生きてきた健康な人が、そう簡単に全てを把握できるはずはなく、様々な書籍やインターネットを通じて大腸がんの知識を集めたというのは本書の通りだ。

著者は几帳面でこだわりも大きいが、一旦こうと決めると目的に真っ直ぐ突き進む人で、私たち外科医にも著者と共通した性格の人が多い。それがこの著書から容易に読みとれた。

一番私が共感できたのは、がんに罹り治療を受けた多くの患者にとって、がんを告知されたときのショックが一番大きくて大変だと思われているようだが、実際には、告知のショックはごく一時的な人が多く、その後に続く手術・抗がん剤・放射線療法等の治療に追われて、一時薄れる。だが、治療が一段落し、退院したあと自宅療養が始まった時点で再燃する。それは再発、転移に対する心配や恐怖からくるのである。

「インフォームド・コンセント」

がん告知を経て、手術で取った組織の詳細な病理検査の結果について、主治医から説明を受ける場面が本書の中で生々しく表現されている。その場面を再現してみよう。

主治医と著者が対座している。決して無駄なことを言わない有能な主治医が説明にあたる。最初に、「最近、医師と患者の間に、『説明と同意（インフォームド・コンセント）』というルールができて、患者さんの現状をありのまま全部、医師は伝えなくてはならないわけですが、患者さんの方が辛いんじゃないかと思うときがありますよ」と前置きして本題に入った。

「手術による治癒率は三〇パーセントです」。そして患者の顔を見て、「いえ、五〇パーセントとしましょう」とすぐに訂正した。

著者は言及していないが、これは誰が聞いてもおかしい。二、三秒の間に治癒率が三〇パーセントから五〇パーセントに変わるなんて、少なくとも科学的な表現ではない。しかし、この名医は大真面目にそれをやってのける。理由は、「患者の唯一の希望の芽を潰したくない」ということに尽きる。がん医療はそれほど不確実な要素があるのだ。

著者は、医師の説明が終わった後に本音を述べている。結局、自分は治ったのか、治らないのか？　詳細な説明だったが、生きてみなければわからないのだ、と。そして、今日限り過去に封印しよう、いつか心乱すことなく、懐かしめる日が来るまでは、けっして後ろを振り返らない、と強く決意を固める。さらに、受容を心の片すみに、まん中に希望を置いて、退院後も生きて行くんだと。

がん手術後に生存率三〇〜五〇パーセントと告知された後、明確な再発防止策はないと知るにつれてがん治療の不確実性の中で、無意味の刑罰という言葉が頭をよぎる、と複雑な思いを著者は書き留めている。無意味の刑罰とは、荷物を一ケ所から別の所に移動させ、そしてまた元に戻すことを繰り返す刑罰だという。何回やっても意味の無い行為を繰り返すうちに生きる気力まで失われる。がん手術後の抗がん剤投与にはそういった不確実性が絡んでくる。

確かにがんの術後は、できれば再発、転移を抑えることが大切だとは皆充分承知している。だが、その為には有効性が高い抗がん剤が不可欠である。

そして次の問題点は、術後の抗がん剤治療には目標がないケースも出てくるということ。そもそも抗がん剤治療の場合、原発病巣や再発病巣が、触診にせよ画像上の陰影にせよ、明確なものがあれば効果も判定しやすい。しかし、再発を防ぐ為の抗がん剤治療では明確な目標の目処がなく、効果が数年経たないと判定出来ないのである。しかもその薬の効果が三〇パーセント程度だとすると、残りの七〇パーセントは副作用に苦しむだけでメリットはない。情報開示を受けたことによって「免疫力」を落としているかもしれない、多くの患者の悩みも基本的にそこにある。高齢者であれば、「充分に生きた」とそれなりの考え方もできるが、著者のような若いがん患者ではその悩みや迷いは大きい。

考えた末に著者が取り組んだのは、食事療法や漢方治療である。その傍ら、私が活動の拠点にしている「ジャパン・ウェルネス」のサポートグループにも参加するようになる。

グループ療法の意義

五年前、がん患者と家族に対する精神的サポートケアを支援する目的で、東京の赤坂に、NPO「ジャパン・ウェルネス（がん患者支援センター）」を立ち上げた。「ジャパン・ウェルネス」とは、米国最大のがん患者支援システムTWC（The Wellness Community）の日本支部という位置付けである。米国で二十四年前に発足し、今や米国内に二十一ケ所の支部を持つ組織である。

現在、日本で会員登録されたがん患者数は千二百人を越える。その中の約一割が、二十代、三十代の若者である。現在、一番若い会員は十七歳の白血病患者である。この若者達が罹るがんの種類も様々で、胃がんや乳がんの患者もいるが、生活習慣によるものというよりも、遺伝子的要素が大きな原因と考えられる血液・リンパ系のがんが多い。

二十歳前後から四十歳前後までの患者は、一つの若者グループ（young adult group）にまとめられるが、血液疾患が多いのが特徴で、米国でも同様の傾向にある。著者は、ちょうど成人病になりやすい年代のぎりぎり前の段階で、がんに罹ったということになる。

ウェルネスの活動の主体はサポートグループ、つまりグループ療法である。一つの部屋に五～十人程のがん患者が集まり、臨床心理士や緩和ケア専門看護師の司会で一～二時間の話し合いをする。この集まりの効果や意義は、次のような点が挙げられる。

＊患者同士だからこそ、本音で話し合える
＊自然に情報の交換ができる
＊自然治癒力の啓蒙（米国のノーマン・カズンズ氏の提言に由来し、人間の精神と肉体が非常な困難に遭遇したとき、どのようにして潜む力を奮い起こさせるかを考え、たとえ前途が全く絶望だと思われても、人間の再生能力を過小評価してはならない、という教訓からきている）
＊話し合いの中から、「もう一つの家族」が形成され、それが生き続ける勇気を奮い起こさせる

著者は、それまで堅く信じていた「外相整いて内相自ら熟す」という理念を闘病の途中で少し緩め、がん患者が共に手を取り合い荒海に向かうという機運も熟し、ウェルネスのがん患者によるサポートグループへ参加した。サポートグループで「死」が話題になったとき、同席していた年かさの仲間の励ましを胸に刻みつけたという。「そういう人には、それが終わっても、次、また次と『これ

をするまでは、死ぬに死ねない』という目標が、必ず出てくるから、だいじょうぶ」。

様々な体験を通じて、著者は次第に落ち着いた心境を会得していく。本書の終盤に出てくる次のような記載がこころに残る。「がんの薬に一〇〇パーセントがないように、心の危機を乗り越えるための、万人に効く『処方箋』など、ないのだ。生まれてこのかたの精神生活、ものの考え方や、本を読む人なら読書経験などの中から、自分で探す他はないのである」。

患者の年齢とがん治療

最近、私はがんが発見された年齢による治療法の選択も重要な課題だと考えている。そしてその意義を、最前線で活躍中の医師達に伝え始めている。

半年程前、紀州の田舎の由緒あるお寺から、講話を依頼された。テーマは、「がんの時代を生きる」であった。そこで私は、がんの原因は老化であり、人間もペットも年をとるとがんになり易くなること、また、人間を含め哺乳動物には、生きている期間に許された呼吸数・心拍数の大枠が決められており、それが終われば終焉に至るということを主体にお話しした。

講演が終わる頃、一人の高齢の男性からメモを手渡された。メモの最後には、「八十歳誕生日・記」と書かれており、「がんが発病したら」という題がついていた。内容の要旨は、次のようなことであった。

＊手術するか否かは自分で決める。意思表示出来ない時は何もしないで欲しい
＊手術をしてもあと半年の命なら何もしない
＊回復の見込みのない時は手術や延命治療をしないこと、回復の基準とは日常生活において自分のことは自分でできることである
＊よくぞこの歳まで生かせてくれたと思っている。晩年の充実した時に終末を迎えることができたら本望と考えている

人間には、たった一人で向き合わなければならないことがある。生老病死はまさにそういうものなのだと思う。私が辿り着いた結論も、この男性の考え方に近い。

著者が四十年後をどのような心境で迎えるか興味深いが、おそらくお父上のような淡々として、且つ飄々《ひょうひょう》とした心境で晩年を過ごすに違いない。今年で手術後五年目を迎え、人としてもエッセイストとしても頂点を満喫している。今年に入って本書の続編ともいえる『四十でがんになってから』が出版された。再発の危機が遠のき本来の著者らしい、明るいのんびりとした奮闘記である。

このまま健康で活動を続けていけることを祈り、数年後の闘病の完結編に期待しよう。

（がん専門医）

文庫化するにあたり、「第三部（文庫版あとがきに代えて）」として、大幅に加筆しました
単行本　二〇〇三年十月　晶文社刊

文春文庫

がんから始《はじ》まる

定価はカバーに
表示してあります

2006年4月10日　第1刷

著　者　岸《きし》本《もと》葉《よう》子《こ》

発行者　庄野音比古

発行所　株式会社　文藝春秋

東京都千代田区紀尾井町 3-23　〒102-8008
TEL　03・3265・1211
文藝春秋ホームページ　http://www.bunshun.co.jp
文春ウェブ文庫　http://www.bunshunplaza.com

落丁、乱丁本は、お手数ですが小社製作部宛お送り下さい。送料小社負担でお取替致します。

印刷・大日本印刷　製本・加藤製本

Printed in Japan
ISBN4-16-759907-4